las ventajas de ser invisible

las ventajas de ser invisible

STEPHEN CHBOSKY

Traducción de **Vanesa Pérez-Sauquillo**

ALFAGUARA

El papel utilizado para la impresión de este libro ha sido fabricado a partir de madera procedente de bosques y plantaciones gestionadas con los más altos estándares ambientales, garantizando una explotación de los recursos sostenible con el medio ambiente y beneficiosa para las personas.

Las ventajas de ser invisible

Título original: The Perks of Being a Wallflower

Primera edición en México: septiembre, 2012
Segunda edición en México: agosto, 2019
Primera reimpresión: agosto, 2023

D. R. © 1999, Stephen Chbosky

D. R. © 2023, derechos de edición mundiales en lengua castellana excepto Estados Unidos:
Penguin Random House Grupo Editorial, S. A. de C. V.
Blvd. Miguel de Cervantes Saavedra núm. 301, 1er piso,
colonia Granada, alcaldía Miguel Hidalgo, C. P. 11520,
Ciudad de México

penguinlibros.com

D. R. © 2012, Vanesa Pérez Sauquillo, por la traducción
D. R. © Getty Images, por la imagen de cubierta
D. R. © 2012, Beatriz Tovar, por el diseño de cubierta

ISBN: 978-607-318-480-9

Impreso en México – *Printed in Mexico*

Para mi familia

Agradecimientos

Solo quería decir sobre los que aparecen en la lista que este libro no existiría sin ellos, y les doy las gracias con todo mi corazón.

Greer Kessel Hendricks
Heather Neely
Lea, Fred y Stacy Chbosky
Robbie Thompson
Christopher McQuarrie
Margaret Mehring
Stewart Stern
Kate Degenhart
Mark McClain Wilson
David Wilcox
Kate Ward
Tim Perell
Jack Horner
Eduardo Braniff

Y por último...
Al Dr. Earl Reum por escribir un poema precioso
y a Patrick Comeaux por recordarlo mal cuando tenía catorce años.

PARTE
1

25 de agosto de 1991

Querido amigo:

Te escribo porque ella dijo que escuchas y comprendes y no intentaste acostarte con aquella persona en esa fiesta aunque hubieras podido hacerlo. Por favor, no intentes descubrir quién es ella porque entonces podrías descubrir quién soy yo, y la verdad es que no quiero que lo hagas. Me referiré a la gente cambiándole el nombre o por nombres comunes porque no quiero que me encuentres. Por la misma razón no he adjuntado una dirección para que me respondas. No pretendo nada malo con esto. En serio. Solo necesito saber que alguien ahí afuera escucha y comprende y no intenta acostarse con la gente aun pudiendo hacerlo. Necesito saber que existe alguien así.

Creo que tú lo comprenderías mejor que nadie porque creo que eres más consciente que los demás y aprecias lo que la vida significa. Al menos, eso espero, porque hay gente que acude a ti en busca de ánimos y amistad, y es así de simple. Por lo menos, eso he oído.

Bueno, esta es mi vida. Y quiero que sepas que estoy al mismo tiempo contento y triste y que todavía intento descubrir cómo es posible.

Intento pensar que mi familia es una de las causas de que yo esté así, sobre todo después de que mi amigo Michael dejara de ir al colegio un día de la primavera pasada y oyéramos la voz de Mr. Vaughn por el altavoz.

—Chicos y chicas, lamento informarles que uno de nuestros estudiantes ha fallecido. Haremos una ceremonia por Michael Dobson en la reunión escolar de este viernes.

No sé cómo corren las noticias por el colegio y por qué a menudo no se equivocan. Quizá fuera en el comedor. Es difícil de recordar. Pero Dave, el de los lentes raros, nos dijo que Michael se había suicidado. Su madre estaba jugando al *bridge* con una de las vecinas de Michael y oyeron el disparo.

No me acuerdo demasiado de lo que pasó después de aquello, salvo que mi hermano mayor vino al colegio, al despacho de Mr. Vaughn, y me dijo que parara de llorar. Luego, me rodeó los hombros con el brazo y me dijo que terminara de desahogarme antes de que papá volviera a casa. Después fuimos a comer papas fritas en McDonalds y me enseñó a jugar *pinball*. Incluso bromeó con que gracias a mí se había librado de las clases de la tarde y me preguntó si quería ayudarle a arreglar su Chevrolet Camaro. Supongo que yo estaba hecho un desastre, porque hasta entonces nunca me había dejado arreglar su Camaro.

En las sesiones de orientación, nos pidieron a los que apreciábamos de verdad a Michael que dijéramos algunas palabras. Creo que temían que algunos intentáramos matarnos o algo así, porque los orientadores parecían muy tensos y uno de ellos no dejaba de tocarse la barba.

Bridget, que está loca, dijo que a veces pensaba en el suicidio cuando llegaba la interrupción de los anuncios en la tele. Lo decía sinceramente, y esto desconcertó a los orientadores. Carl, que es muy amable con todo el mundo, dijo que estaba tristísimo, pero que nunca podría suicidarse porque es pecado.

Uno de los orientadores fue pasando por todo el grupo hasta que al final llegó a mí.

—¿Tú qué piensas, Charlie?

Lo extraño de esto era que yo no había visto nunca a este hombre porque era un "especialista", y él sabía mi nombre aunque yo no llevara ningún gafete de identificación, como se hace en las jornadas de puertas abiertas.

—Pues... a mí Michael me parecía un chico muy simpático, y no entiendo por qué lo hizo. Por muy triste que me sienta, creo que no saberlo es lo que de verdad me preocupa.

Acabo de releer esto y no parece mi forma de hablar. Y mucho menos en ese despacho, porque todavía seguía llorando. No había parado de llorar para nada.

El orientador dijo que sospechaba que Michael tenía "problemas en casa" y que creyó que no tenía a nadie con quien hablar. Tal vez por eso se sintió tan solo y se suicidó.

Entonces empecé a gritarle al orientador que Michael podía haber hablado conmigo. Y me puse a llorar con más fuerza todavía. Intentó calmarme diciendo que se refería a algún adulto, como un profesor o un orientador. Pero no funcionó, y al final mi hermano vino a recogerme al colegio con su Camaro.

Durante el resto del curso, los profesores me trataron de forma especial y me pusieron mejores notas, aunque yo no me había vuelto más listo. Si te digo la verdad, creo que los ponía nerviosos.

El funeral de Michael fue raro porque su padre no lloró. Y tres meses después abandonó a la madre de Michael. Al menos eso nos contó Dave a la hora de comer. A veces pienso en ello. Me pregunto qué pasaba en la casa de Michael cuando se acercaba la hora de la cena y los programas de televisión. Michael nunca dejó una nota, o al menos sus padres no se la dejaron ver a nadie. Quizá fueran los "problemas en casa". Ojalá lo supiera. Podría hacer que lo echara de menos con mayor claridad. Podría darle un triste sentido a lo que hizo.

Lo que sí tengo claro es que esto hace que me pregunte si yo tengo "problemas en casa", pero me parece que un montón de gente la tiene mucho peor que yo. Como cuando el primer novio de mi hermana empezó a verse con otra chica y mi hermana estuvo llorando durante todo el fin de semana.

Mi padre dijo:

—Hay gente que la tiene mucho peor.

Y mi madre se quedó callada. Y eso fue todo. Un mes después, mi hermana conoció a otro chico y empezó a poner música alegre otra vez. Y mi padre siguió trabajando. Y mi madre siguió barriendo. Y mi hermano siguió arreglando su Camaro. Bueno, hasta que se fue a la universidad a principios del verano. Juega al futbol americano en el equipo de Penn State, pero necesitaba subir las notas este verano para poder jugar al futbol.

No creo que en nuestra familia haya ningún hijo favorito. Somos tres, y yo soy el más pequeño. Mi hermano es el mayor.

Es un jugador de futbol buenísimo y le encanta su coche. Mi hermana es muy guapa, es cruel con los chicos, y es la hija mediana. Yo ahora saco sobresaliente en todo como mi hermana y por eso me dejan en paz.

Mi madre llora un montón con los programas de la tele. Mi padre trabaja un montón y es un hombre honrado. Mi tía Helen solía decir que mi padre era demasiado orgulloso como para tener la crisis de los cuarenta. He tardado prácticamente hasta ahora para comprender a qué se refería, porque acaba de cumplir los cuarenta y no ha cambiado nada.

Mi tía Helen era mi persona favorita del mundo entero. Era la hermana de mi madre. Sacaba sobresaliente en todo cuando era adolescente, y solía darme libros para leer. Mi padre decía que esos libros eran un poco antiguos para mí, pero me gustaban, así que acababa encogiéndose de hombros y me dejaba leer.

Mi tía Helen estuvo viviendo con nuestra familia durante los últimos años de su vida porque algo muy malo le había ocurrido. Entonces nadie me decía qué había pasado, aunque yo siempre quise saberlo. Cuando tenía más o menos siete años, dejé de preguntar sobre el tema porque estuve insistiendo, como siempre hacen los niños, y mi tía Helen se echó a llorar desconsoladamente.

Entonces fue cuando mi padre me dio una bofetada y dijo:

—¡Estás hiriendo los sentimientos de tu tía Helen!

Como no quería hacerlo, paré. La tía Helen le dijo a mi padre que no me pegara delante de ella nunca más, y mi padre respondió que esta era su casa y que haría lo que le diera la gana, y mi madre se quedó callada y mis hermanos también.

No recuerdo mucho más después de eso porque empecé a llorar a lágrima viva y al cabo de un rato mi padre hizo que mi madre me llevara a mi cuarto. No fue hasta mucho tiempo después que mi madre se tomó unas cuantas copas de vino blanco y me contó lo que le había pasado a su hermana. Algunas personas verdaderamente la tienen mucho peor que yo. Y vaya que sí.

Creo que ahora debería irme a dormir. Es muy tarde. No sé por qué te he contado todo esto. Te he escrito esta carta porque mañana empiezo la prepa y estoy bastante asustado.

Con mucho cariño,
Charlie

—

7 de septiembre de 1991

Querido amigo:

No me gusta la prepa. La cafetería se llama "Centro de Nutrición", lo que ya es raro. Hay una chica en mi clase de Literatura Avanzada que se llama Susan. En E.G.B. era muy divertido estar con ella. Le gustaban las películas, y su hermano Frank le grababa unas cintas buenísimas de música que compartía con nosotros. Pero este verano le quitaron los braquets y está un poco más alta, más guapa, y le creció el pecho. Ahora se comporta como una tonta por los pasillos, sobre todo cuando hay chicos cerca. Y me da pena, porque Susan no parece tan feliz como antes. Si te digo la verdad, no le gusta reconocer que está en la clase de Literatura Avanzada, y tampoco saludarme por los pasillos.

Cuando Susan estuvo en la reunión de orientación sobre Michael, contó que Michael una vez le dijo que era la chica más guapa del mundo, con braquets y todo. Después, le pidió que "diera una vuelta con él", lo que en cualquier colegio se consideraba como dar un gran paso. En la prepa lo llaman "salir con alguien". Y se besaron y hablaron de películas, y ahora lo echaba terriblemente de menos porque era su mejor amigo.

Es curioso, además, porque chicos y chicas normalmente no se hacían mejores amigos en mi colegio. Pero Michael y Susan sí. Un poco como yo y mi tía Helen. Perdón. "Mi tía Helen y yo". Es algo que he aprendido esta semana. Eso y a organizar mejor las normas de puntuación.

Estoy callado la mayoría del tiempo, y solo un chico llamado Sean pareció fijarse en mí. Me esperó a la salida de la clase de Educación Física y me dijo cosas muy inmaduras como que iba a darme un "remojón", que es cuando alguien te mete la cabeza en el excusado y tira de la cadena para hacer que tu pelo dé vueltas. Él también parecía bastante infeliz, y se lo dije. Entonces se enfadó conmigo y empezó a pegarme, y yo me limité a hacer las cosas que me había enseñado mi hermano. Mi hermano es un gran luchador.

—Ve por las rodillas, la garganta y los ojos.

Y eso hice. Y le hice bastante daño a Sean. Y entonces se echó a llorar. Y mi hermana tuvo que abandonar su clase de C.O.U. Avanzado y llevarme a casa en coche. Me hicieron ir al despacho de Mr. Small, pero no me castigaron ni nada porque un chico le contó a Mr. Small la verdad sobre la pelea.

—Sean empezó. Fue en defensa propia.

Así fue. Pero no logro comprender por qué Sean quería hacerme daño. Yo no le había hecho nada. Soy muy bajo. Es verdad. Pero supongo que Sean no sabía que podía pelear. La verdad es que podría haberle hecho mucho más daño. Y quizá debería. Se me ocurrió que tal vez tendría que hacerlo, si Sean persiguiera al chico que le dijo a Mr. Small la verdad, pero Sean nunca fue por él. Así que todo quedó olvidado.

Algunos chicos me ven raro en los pasillos porque no adorno mi casillero, y soy el que le dio la paliza a Sean y no pude parar de llorar después de hacerlo. Supongo que soy bastante sensible.

Me he sentido muy solo últimamente porque mi hermana está ocupada haciendo de la mayor de la familia. Mi hermano está ocupado siendo un jugador de futbol en Penn State. Después del campamento de entrenamiento, su entrenador le dijo que iba a ser suplente y que, cuando empiece a asimilar el sistema, será titular.

Mi padre confía de verdad en que llegue al futbol profesional y juegue con los Steelers. Mi madre simplemente se alegra de que vaya gratis a la universidad, porque mi hermana no juega al futbol y no habría habido dinero suficiente para enviarlos a los dos. Por eso quiere que yo siga esforzándome mucho, para conseguir una beca académica.

Así que en eso estoy, hasta que haga algún amigo por aquí. Esperaba que el chico que dijo la verdad pudiera hacerse amigo mío, pero creo que solo estaba haciendo lo correcto.

Con mucho cariño,
Charlie

11 de septiembre de 1991

Querido amigo:

No tengo mucho tiempo porque mi profesor de Literatura Avanzada nos ha dado un libro para leer y me gusta leer los libros dos veces. Por cierto, el libro es *Matar un ruiseñor*. Si no lo has leído, creo que deberías hacerlo, porque es muy interesante. El profesor nos ha encargado que leamos solo unos cuantos capítulos de momento, pero no me gusta leer los libros así. Ya voy por la mitad y apenas empecé.

De todas formas, la razón por la que te escribo es porque vi a mi hermano por televisión. Normalmente no me gustan demasiado los deportes, pero esta era una ocasión especial. Mi madre empezó a llorar, y mi padre la rodeó con el brazo, y mi hermana sonrió, cosa rara porque mis hermanos siempre se pelean cuando él está por aquí.

Pero mi hermano mayor ha salido en la televisión y, hasta ahora, ha sido lo mejor de las dos semanas que llevo en la prepa. Lo echo de menos muchísimo, lo cual es raro, porque nunca hablábamos demasiado cuando estaba aquí. Tampoco lo hacemos ahora, para serte sincero.

Te diría en qué posición juega, pero como te conté, me gustaría mantenerme en el anonimato contigo. Espero que lo comprendas.

Con mucho cariño,
Charlie

16 de septiembre de 1991

Querido amigo:

He terminado *Matar un ruiseñor*. Se ha convertido en mi libro favorito del mundo, pero por otro lado, siempre pienso eso hasta que leo el siguiente libro. Mi profesor de Literatura Avanzada me ha pedido que lo llame "Bill" cuando no estamos en clase, y me ha dado otro libro para leer. Dice que tengo una gran habilidad para leer e interpretar el lenguaje, y quiere que haga una redacción sobre *Matar un ruiseñor*.

Se lo mencioné a mi madre, y me preguntó por qué Bill no había recomendado que pasara mejor a la clase de Literatura de Segundo o de Tercero. Y le conté que Bill dijo que esas eran básicamente las mismas clases aunque con libros más complicados, y que aquello no me ayudaría a mejorar. Mi madre dijo que no estaba muy segura de eso, y que ya hablaría con él en la jornada de puertas abiertas. Después, me pidió que la ayudara a lavar los platos, cosa que hice.

Francamente, no me gusta lavar los platos. Me gusta comer con los dedos y sobre servilletas, pero mi hermana dice que es malo para el medio ambiente. Es miembro del club del Día de la Tierra aquí en la prepa, y ahí es donde conoce a los chicos. Todos la tratan muy bien, y no me lo acabo de explicar, salvo quizá por lo guapa que es. Ella se porta verdaderamente mal con ellos.

Hay un chico que la tiene particularmente difícil. No te diré su nombre. Pero te lo contaré todo sobre él. Tiene un pelo castaño muy bonito, y lo lleva largo, recogido en una coleta.

Creo que se arrepentirá en el futuro cuando vea hacia atrás. Siempre está grabándole *mixtapes* a mi hermana con temas muy específicos. Uno se llamaba "Hojas de Otoño". Incluyó muchas canciones de The Smiths. Incluso coloreó a mano la carátula. Después de que terminara la película que había alquilado y de que él se fuera, mi hermana me dio la cinta:

—¿Quieres esto, Charlie?

Tomé la cinta, pero me sentí raro porque él la había hecho para ella. Aunque la escuché. Y me gustó muchísimo. Hay una canción llamada *Asleep* que me gustaría que escucharas. Le hablé a mi hermana de ella. Y una semana después me dio las gracias porque cuando este chico le preguntó por la cinta, le dijo exactamente lo que yo había dicho sobre la canción *Asleep,* y a este chico le emocionó mucho cuánto había significado para ella. Espero que esto suponga que se me dará bien ligar cuando llegue el momento.

Pero debería ceñirme al tema. Eso es lo que mi profesor Bill me dice que haga, porque escribo más o menos como hablo. Creo que por eso quiere que escriba esa redacción sobre *Matar un ruiseñor.*

El chico al que le gusta mi hermana siempre es respetuoso con mis padres. Por eso a mi madre le cae muy bien. Mi padre piensa que es un blando. Creo que esa es la causa de que mi hermana haga lo que hace con él.

Una noche le estuvo diciendo cosas muy crueles sobre cómo él nunca se había enfrentado al matón de la clase cuando tenía quince años, o algo parecido. Para serte sincero, yo estaba viendo la película que él había alquilado, así que no le estaba prestando mucha atención a su pelea. Se pelean todo el rato, por lo que supuse que al menos la película sería algo diferente, aunque no lo fue porque era una segunda parte.

En todo caso, después de que ella lo molestara durante más o menos cuatro escenas de la película, que creo que fueron diez minutos o así, él se echó a llorar. A llorar a mares. Entonces volví la cabeza y mi hermana me señaló.

—Para que veas, hasta Charlie le plantó cara al matón de su clase. Ya ves.

Y el chico se puso rojísimo. Y me miró. Después, la miró a ella. Y levantó la mano y le cruzó la cara con una buena cachetada. Buena de verdad. Me quedé helado, porque no podía creer lo que había hecho. No era propio de él pegarle a nadie. Era el chico que grababa *mixtapes* con las carátulas pintadas a mano, hasta que pegó a mi hermana y paró de llorar.

Lo más raro es que mi hermana no hizo nada. Solo se quedó mirándolo en completo silencio. Fue extrañísimo. Mi hermana se pone como loca si te comes el tipo de atún que no debes, pero aquí estaba este chico pegándole, y ella no dijo ni pío. Solo se volvió más dulce y amable. Y me pidió que me fuera, cosa que hice. Después de que el chico se fue, mi hermana me dijo que estaban "saliendo", y que no le contara a mamá ni a papá lo que había pasado.

Supongo que él se había enfrentado a su matón. Y supongo que tiene lógica.

Ese fin de semana, mi hermana pasó un montón de tiempo con este chico. Y se rieron mucho más de lo que normalmente hacían. El viernes por la noche, estuve leyendo mi nuevo libro, pero como tenía la mente cansada, decidí ver un poco la tele. Y abrí la puerta del sótano y mi hermana y este chico estaban desnudos.

Él estaba encima de ella, y ella tenía las piernas extendidas a cada lado del sofá. Y me gritó en un susurro:

—¡Sal de aquí, pervertido!

Así que me fui. Al día siguiente, todos vimos en la tele a mi hermano jugar al futbol. Y mi hermana invitó a este chico a casa. No sé a ciencia cierta cuándo se había ido la noche anterior. Estuvieron agarrados de la mano y se comportaron como si todo fuera alegría. Y el chico dijo que el equipo de futbol no ha sido el mismo desde que mi hermano se graduó, o algo así, y mi padre se lo agradeció. Y cuando el chico se fue, mi padre dijo que se estaba convirtiendo en un joven excelente que sabía cómo comportarse. Y mi madre se quedó callada. Y mi hermana me miró para asegurarse de que yo no abriría la boca. Y así fue.

—Sí. Lo es —fue lo único que pudo decir mi hermana. Y yo pude ver a este chico en su casa haciendo la tarea y pensando en mi hermana desnuda. Y pude verlos de la mano en partidos de futbol que no mirarían. Y pude ver a este chico vomitando en los arbustos de una fiesta en la casa de alguien. Y pude ver a mi hermana aguantándolo.

Y me sentí muy mal por los dos.

Con mucho cariño,
Charlie

18 de septiembre de 1991

Querido amigo:

No te he contado nunca que estoy en clase de Pretecnología, ¿verdad? Bueno, pues estoy en Pretecnología, y es mi clase favorita junto a la de Literatura Avanzada de Bill. Anoche escribí la redacción sobre *Matar un ruiseñor,* y se la pasé a Bill esta mañana. Se supone que vamos a hablar de ella mañana durante la hora de comer.

En cambio, a lo que voy es a que hay un chico en Pretecnología que se llama "Nada". No bromeo. Su nombre es "Nada". Y es para partirse de risa. "Nada" se quedó con el apodo en la primaria, cuando la gente lo molestaba. Creo que ahora está por entrar a la universidad. Los chicos empezaron a llamarle Patty, cuando su nombre de verdad es Patrick. Y "Nada" les dijo: "Escuchen, o me llaman Patrick o nada".

Así que empezaron a llamarle "Nada". Y se le quedó el apodo. En ese momento era un recién llegado al distrito escolar porque su padre se había casado con otra mujer, nueva en esta zona. Creo que dejaré de poner comillas en el nombre de Nada porque es pesado y rompe el hilo del discurso. Espero que no lo encuentres difícil de seguir. Me aseguraré de destacar la diferencia si se da el caso.

Bueno, pues en clase de Pretecnología, Nada empezó a imitar a nuestro profesor, Mr. Callahan, con muchísima gracia. Hasta se pintó con cera negra las patillas largas. Para morirse de risa. Cuando Mr. Callahan cachó a Nada haciendo esto cerca de la lijadora de banda, incluso se rió, porque Nada no lo estaba imitando con mala onda ni nada. Así de gracioso fue. Ojalá hubieras podido estar allí, porque no me he reído tanto desde que mi hermano se fue de casa. Mi hermano solía contar chistes sobre polacos, que sé que está mal, pero yo no hacía caso de la parte polaca y escuchaba los chistes. Para morirse de risa.

Ah, por cierto, mi hermana me pidió que le devolviera su cinta de "Hojas de otoño". Ahora la escucha todo el tiempo.

Con mucho cariño,
Charlie

—

29 de septiembre de 1991

Querido amigo:

Tengo un montón de cosas que contarte sobre las últimas dos semanas. Bastantes son buenas, pero otras tantas son malas. Sigo sin entender por qué siempre pasa igual.

Antes que nada, Bill me puso un Suficiente en mi redacción sobre *Matar un ruiseñor* porque dijo que hago frases demasiado largas. Ahora estoy intentando practicar para no hacerlo. También dijo que debería utilizar el vocabulario que aprendo en clase, como "corpulento" e "ictericia". Usaría aquí esas palabras, pero la verdad es que no creo que sean apropiadas en este formato.

Para serte sincero, no sé dónde sería apropiado usarlas. No estoy diciendo que no deberíamos conocerlas. Claro que deberíamos. Pero es que nunca, en toda mi vida, he oído a nadie utilizar las palabras "corpulento" e "ictericia". Incluyendo a los profesores. Así que, ¿qué sentido tiene utilizar palabras que nadie más sabe o puede decir con comodidad? Yo no lo entiendo.

Me pasa lo mismo con algunas estrellas de cine que son malísimas actuando. Algunas de ellas deben de tener por lo menos un millón de dólares, y aun así, siguen haciendo películas. Se atoran a los malos. Gritan a sus detectives. Realizan entrevistas. Cada vez que veo en alguna revista a cierta estrella de cine no puedo evitar que me dé una pena terrible porque nadie tiene ningún respeto por ella, y a pesar de eso, siguen entrevistándola. Y las entrevistas todas dicen lo mismo.

Empiezan con lo que están comiendo en algún restaurante. "Mientras masticaba delicadamente su ensalada china de pollo, nos habló de su amor". Y todas las portadas dicen lo mismo: "nos revela los misterios de la fama, el amor, y de su reciente película/serie/álbum de éxito".

Creo que está bien que los actores den entrevistas para hacernos pensar que son como nosotros, pero para serte sincero, me da la sensación de que todo es una gran mentira. El problema es que no sé quién está mintiendo. Y no entiendo por qué estas revistas venden tanto. Y no entiendo por qué a las señoras que van al dentista les gustan tanto. El sábado pasado, estaba en la sala de espera del dentista y oí esta conversación.

—¿Has visto esta película? —señala la portada.

—Sí. La vi con Harold.

—¿Qué te pareció?

—Ella es un encanto.

—Sí. Lo es.

—Ah, tengo una nueva receta.

—¿Baja en calorías?

—Ajá.

—¿Tienes algo de tiempo mañana?

—No. ¿Por qué no haces que Mike se la mande a Harold por fax?

—De acuerdo.

Entonces, estas señoras empezaron a hablar sobre la actriz que mencioné antes, y las dos lo tenían muy claro.

—Creo que es patética.

—¿Has leído la entrevista *Buenhogar*?

—¿De hace algunos meses?

—Ajá.

—Patética.

—¿Leíste la *Cosmopolitan*?

—No.

—Dios mío, es prácticamente la misma entrevista.

—No sé ni por qué le hacen caso.

El hecho de que una de esas señoras fuera mi madre me dio especial lástima, porque mi madre es muy guapa. Y siempre está a dieta. A veces, mi padre la llama guapa, pero ella no lo escucha. A propósito, mi padre es muy buen marido. Solo que es pragmático.

Después del dentista, mi madre me llevó en coche al cementerio donde muchos de sus parientes están enterrados. A mi padre no le gusta ir al cementerio porque le da cosa. Pero a mí no me importa nada ir, porque mi tía Helen está enterrada allí. Mi madre siempre fue lo que se dice la guapa de las dos, y mi tía Helen fue siempre la otra. Lo bueno es que mi tía Helen nunca estuvo a dieta. Y mi tía Helen era "corpulenta". ¡Eh! ¡Lo he conseguido!

Mi tía Helen siempre dejaba que los niños nos quedáramos levantados y viéramos *Saturday Night Live* cuando hacía de niñera o cuando estuvo viviendo con nosotros y mis padres se iban a la casa de otra pareja a emborracharse y jugar a juegos de mesa. Cuando yo era muy pequeño, recuerdo que me iba a dormir mientras mis hermanos y la tía Helen veían *Vacaciones en el mar* y *La isla de la fantasía*. Siendo tan pequeño, nunca aguantaba despierto, y ojalá hubiera podido, porque mis hermanos a veces se refieren a aquellos momentos. Tal vez sea triste que ahora se hayan convertido en recuerdos. Y tal vez no sea triste. Tal vez es solo el hecho de que queríamos a la tía Helen, sobre todo yo, y aquel era el rato que podíamos pasar con ella.

No empezaré a enumerar recuerdos de episodios de televisión, excepto uno, porque supongo que viene al caso, y parece algo con lo que cualquiera se puede identificar de alguna manera. Y ya que no te conozco, imagino que tal vez pueda escribir sobre algo con lo que te puedas identificar.

Toda la familia estaba sentada viendo el último episodio de *M.A.S.H.*, y nunca lo olvidaré, por muy pequeño que yo fuera entonces. Mi madre lloraba. Mi hermana lloraba. Mi hermano estaba haciendo de tripas corazón para no llorar. Y mi padre se fue durante uno de los momentos finales para hacerse un sándwich. Bueno, no me acuerdo mucho del capítulo en sí porque yo era demasiado pequeño, pero mi padre nunca se iba a hacerse un sándwich, salvo durante la pausa de los anuncios, y entonces normalmente mandaba a mi madre. Fui andando hasta la cocina y vi a mi padre haciéndose un sándwich... y llorando. Lloraba todavía más desgarradamente que mi madre. Y yo no lo podía creer. Cuando terminó de hacerse su sándwich, guardó las cosas en el refrigerador y paró de llorar y se enjugó los ojos y me vio.

Entonces se acercó a mí, me dio una palmadita en el hombro y dijo:

—Es nuestro pequeño secreto, ¿de acuerdo, campeón?

—De acuerdo —dije.

Y mi padre me levantó con el brazo que no sostenía el sándwich, y me llevó hasta el salón donde está la televisión, y me sentó en sus rodillas durante el resto del episodio. Y cuando el episodio terminó, me levantó, apagó la tele y se volvió hacia los demás. Y declaró:

—Ha sido una gran serie.

Y mi madre dijo:

—Inmejorable.

Y mi hermana preguntó:

—¿Cuánto tiempo la han estado pasando?

Y mi hermano respondió:

—Nueve años, tonta.

Y mi hermana replicó:

—Tonto lo serás tú...

Y mi padre dijo:

—Paren de discutir, ahora mismo.

Y mi madre dijo:

—Hagan caso a su padre.

Y mi hermano no dijo nada.

Y mi hermana no dijo nada.

Y años después descubrí que mi hermano se había equivocado.

Fui a la biblioteca a consultar sus datos y descubrí que el episodio que vimos había sido el más visto de toda la historia de la televisión, lo que me parece increíble porque era como si solo hubiese existido para nosotros cinco.

Ya sabes, un montón de chicos en el colegio odian a sus padres. A algunos les pegaban. Y a algunos les ha tocado una vida asquerosa. Algunos eran trofeos que sus padres mostraban a los vecinos, como medallas o estrellas doradas. Y algunos de esos padres lo único que querían era que los dejaran beber en paz.

Yo, personalmente, a pesar de que no comprenda a mis padres y a pesar de que a veces sienta pena por los dos, no puedo evitar quererlos mucho. Mi madre saca el coche para visitar a sus seres queridos en el cementerio. Mi padre lloró viendo *M.A.S.H.*, y confió en que le guardara el secreto, y me dejó sentarme en sus rodillas, y me llamó "campeón".

Por cierto, solo tengo una caries y, por mucho que insista mi dentista, soy incapaz de usar la seda dental.

Con mucho cariño,
Charlie

—

6 de octubre de 1991

Querido amigo:

Estoy muy avergonzado. Fui al partido de futbol de la prepa el otro día y no sé exactamente por qué. En la primaria, Michael y yo íbamos a veces a los partidos, aunque ninguno de los dos éramos suficientemente populares para ir. Era solo un lugar a donde acudir los viernes cuando no queríamos ver la tele. A veces, nos encontrábamos a Susan allí, y ella y Michael se daban la mano.

Pero esta vez fui solo porque Michael ya no está, y ahora Susan se junta con otros chicos, y Bridget sigue loca, y la madre de Carl mandó a este a un colegio católico, y Dave, el de los lentes raros, se mudó. Estuve mirando un poco a la gente, viendo quién estaba enamorado y quién simplemente perdiendo el tiempo, y vi a ese chico del que te hablé. ¿Te acuerdas de Nada? Nada estaba allí, en el partido de futbol, y de hecho era uno de los pocos que veían el partido, sin ser un adulto. Me refiero a ver el partido de verdad. Gritaba cosas como:

—¡Vamos, Brad! —así se llama nuestro defensa.

Bueno, normalmente soy muy tímido, pero Nada parecía el tipo de chico con el que podrías ir a un partido de futbol, aunque tuvieras tres años menos y no fueras popular.

—¡Hey! ¡Tú estás en mi clase de Pretecnología! —Nada es muy simpático.

—Me llamo Charlie —dije sin demasiada timidez.

—Y yo Patrick. Y esta es Sam —señaló a una chica muy guapa que estaba a su lado. Y ella me saludó.

—¡Hola, Charlie! —Sam tenía una sonrisa muy bonita.

Ambos me dijeron que me sentara con ellos, y parecía que lo decían en serio, así que me senté. Escuché los gritos que Nada lanzaba al campo. Y escuché su análisis de cada jugada. Y me di cuenta de que sabía mucho de futbol. De hecho, sabía de futbol tanto como mi hermano. Quizá debería llamarle Patrick a partir de ahora, ya que es así como se presentó, y Sam también lo llama así.

Por cierto, Sam tiene el pelo castaño y unos ojos verdes muy, muy bonitos. El tipo de verde que no se da mucha importancia a sí mismo. Te lo habría dicho antes, pero bajo las luces del estadio, todo parecía como desvaído. No pude contemplarla bien hasta que fuimos al Big Boy y Sam y Patrick empezaron a fumar un cigarro tras otro. Lo bueno del Big Boy fue que Patrick y Sam no estuvieron haciendo chistes locales que yo tuviera que esforzarme en seguir. Para nada. Me hicieron preguntas.

—¿Cuántos años tienes, Charlie?

—Quince.

—¿Qué quieres hacer cuando seas mayor?

—Todavía no lo sé.

—¿Cuál es tu grupo de música favorito?

—Puede que The Smiths porque me encanta su canción *Asleep,* pero no estoy seguro del todo porque no conozco demasiado bien otras canciones suyas.

—¿Cuál es tu película favorita?

—La verdad es que no lo sé. Todas me parecen iguales.

—¿Y tu libro favorito?

—*A este lado del paraíso,* de F. Scott Fitzgerald.

—¿Por qué?

—Porque ha sido el último que he leído.

Esto les hizo reír porque sabían que lo decía en serio, que no era una pose. Entonces me dijeron cuáles eran sus favoritos, y nos quedamos en silencio. Comí pastel de calabaza porque la señora dijo que era de temporada, y Patrick y Sam siguieron fumando.

Los contemplé, y parecían realmente felices juntos. Felicidad de la buena. Y aunque Sam me parecía muy guapa y simpática, y era la primera chica a la que habría querido invitar a salir algún día cuando pudiera conducir, no me importó que tuviera novio, sobre todo si era tan buena gente como Patrick.

—¿Cuánto tiempo llevan "saliendo"? —pregunté.

Entonces se echaron a reír. A reír con auténticas carcajadas.

—¿Qué es tan gracioso? —dije.

—Somos hermanos —dijo Patrick, todavía entre risas.

—Pero no se parecen —repuse.

Fue entonces cuando Sam me explicó que en realidad eran hermanastros, ya que el padre de Patrick se había casado con la madre de Sam. Me alegré mucho de saberlo porque la verdad es que me gustaría pedirle a Sam que saliera conmigo algún día. Y me gustaría tanto. Es tan bonita...

Sin embargo, estoy avergonzado porque esa noche tuve un extraño sueño. Estaba con Sam. Y estábamos los dos desnudos. Y ella tenía las piernas extendidas a ambos lados del sofá. Y me desperté. Y nunca me había sentido tan bien en mi vida. Pero también me sentí mal porque la había visto desnuda sin su permiso. Creo que debería contárselo a Sam, y de verdad confío en que esto no impida que podamos llegar a hacer, a lo mejor, nuestros propios chistes locales. Sería genial volver a tener un amigo. Lo preferiría incluso a salir con alguien.

Con mucho cariño,
Charlie

14 de octubre de 1991

Querido amigo:

¿Sabes lo que es la "masturbación"? Probablemente sí, porque eres mayor que yo. Pero por si acaso, te lo contaré. La masturbación es cuando te frotas los genitales hasta que tienes un orgasmo. ¡Guau!

He pensado que en esas películas y series de televisión en las que hablan de la pausa para el café, deberían tener también una pausa para la masturbación. Pero por otro lado, creo que bajaría la productividad.

No me hagas caso. Solo estaba bromeando. Quería hacerte sonreír. Aunque lo de "¡guau!" iba en serio.

Le dije a Sam que había soñado que ella y yo estábamos desnudos en el sofá, y me eché a llorar porque me sentía fatal, y ¿sabes qué hizo ella? Se echó a reír. Aunque no era una risa cruel. Sino una risa simpática y cálida. Dijo que le parecía muy tierno. Y dijo que no pasaba nada si había tenido un sueño con ella. Y dejé de llorar. Después Sam me preguntó si me parecía guapa, y le dije que me parecía "preciosa". Entonces Sam me miró fijamente a los ojos.

—¿Sabes que eres demasiado pequeño para mí, Charlie?

—Sí, lo sé.

—No quiero que pierdas el tiempo pensando en mí de esa manera.

—No lo haré. Ha sido solo un sueño.

Entonces Sam me dio un abrazo, y fue raro porque en mi familia no acostumbramos abrazar demasiado, salvo mi tía

Helen. Pero después de unos instantes, pude oler el perfume de Sam, y pude sentir su cuerpo contra el mío. Y di un paso atrás.

—Sam, estoy pensando en ti de esa manera.

Entonces me miró y sacudió la cabeza. Luego, me rodeó los hombros con el brazo y me llevó caminando por el pasillo. Nos encontramos con Patrick afuera porque a veces no se les antojaba ir a clase. Preferían fumar.

—Charlie está charliescamente enamorado de mí, Patrick.

—¿Ah, sí?

—Estoy intentando no estarlo —me excusé, con lo que solamente los hice reír.

Patrick entonces le pidió a Sam que se fuera, cosa que hizo, y me dio algunas explicaciones para que supiera cómo comportarme con las demás chicas y no perder mi tiempo pensando en Sam de esa manera.

—Charlie, ¿alguien te ha contado de qué se trata esto?

—Creo que no.

—Bueno, pues hay que seguir algunas reglas, no porque tú quieras, sino porque tienes que hacerlo. ¿Captas?

—Supongo que sí.

—Bueno. Mira a las chicas, por ejemplo. Copian a sus madres y las revistas y todo para saber cómo actuar delante de los chicos.

Pensé en las madres y en las revistas y los todos, y la idea me puso nervioso, especialmente si incluía la televisión.

—Me refiero a que, no es como en las películas, donde a las chicas les gustan los cabrones, ni nada parecido. No es tan fácil. Lo que les gusta es alguien que les pueda dar un propósito.

—¿Un propósito?

—Exacto. ¿Sabes? A las chicas les gusta que los hombres sean un reto. Les da una especie de molde en el cual encajar su actuación. Como una madre. ¿Qué haría una madre si no pudiera preocuparse por ti y hacer que ordenes tu cuarto? ¿Y qué harías tú sin que ella se preocupe por ti y te obligue a ordenarlo? Todo el mundo necesita una madre. Y las madres lo saben. Y esto les da un propósito. ¿Captas?

—Sí —dije, aunque no lo había captado. Pero sí lo bastante como para decir que sí y no estar mintiendo.

—El caso es que algunas chicas piensan que pueden cambiar a los chicos. Y lo gracioso es que si en realidad los cambian, se aburren de ellos. El reto se ha acabado. Lo que tienes que hacer es darles a las chicas un tiempo para pensar en una forma nueva de hacer las cosas, y eso es todo. Algunas la descubrirán. Algunas, algo más tarde. Algunas, nunca. Yo no me preocuparía demasiado por eso.

Pero creo que yo sí me preocupo. He estado preocupándome sobre este tema desde que me lo dijo. Miro a la gente que va de la mano por los pasillos e intento pensar en cómo funciona todo. En los bailes de la prepa me siento al fondo, marco el ritmo con el pie y me pregunto cuántas parejas bailarán "su canción". En los pasillos, veo a las chicas que llevan puestas las chamarras de los chicos, y reflexiono sobre la idea de propiedad. Y me pregunto si alguien es realmente feliz. Espero que lo sean. De verdad.

Bill me vio mirando a la gente y, después de clase, me preguntó en qué estaba pensando, y se lo dije. Me escuchó y asintió con la cabeza e hizo ruidos "afirmativos". Cuando terminé, su cara se convirtió en "cara de tener una conversación seria".

—¿Siempre piensas tanto, Charlie?

—¿Es malo? —solo quería que alguien me dijera la verdad.

—No necesariamente. Es que a veces la gente utiliza el pensamiento para no involucrarse en la vida.

—¿Eso es malo?

—Sí.

—Pero yo creo que me involucro. ¿Usted no?

—Bueno, ¿bailas en esas fiestas?

—No bailo demasiado bien.

—¿Sales con alguien?

—Bueno, no tengo coche, e incluso si lo tuviera, no puedo manejar porque tengo quince años, y de todas formas, no he conocido a ninguna chica que me guste excepto Sam, pero soy demasiado joven para ella, y le tocaría manejar a ella siempre, lo que no me parece justo.

Bill sonrió y continuó haciéndome preguntas. Poco a poco, llegó a los "problemas en casa". Y le hablé de cuando el chico que hace *mixtapes* le pegó a mi hermana, porque mi hermana solo dijo que no se lo contara a mis padres, así que supuse que se lo podía contar a Bill. Después de contárselo, puso una cara muy seria y me dijo algo que no creo que olvide durante este semestre o jamás.

—Charlie, aceptamos el amor que creemos merecer.

Me quedé ahí de pie, en silencio. Bill me dio una palmadita en el hombro y un libro nuevo para leer. Me dijo que todo estaría bien.

Normalmente vuelvo a casa caminando porque me hace sentir que me lo he ganado. Me refiero a que quiero poder decirles a mis hijos que iba andando al colegio igual que mis abuelos en "los viejos tiempos". Es raro estar planeando esto, teniendo en cuenta que nunca he salido con nadie, pero supongo que tiene su sentido. Normalmente caminar me lleva alrededor de una hora más que tomar el autobús, pero vale la pena cuando el tiempo es agradable y fresco como hoy.

Cuando por fin llegué a casa, mi hermana estaba sentada en una silla. Mi madre y mi padre estaban de pie delante de ella. Y supe que Bill había llamado a casa y se lo había contado. Y me sentí fatal. Había sido por mi culpa.

Mi hermana estaba llorando. Mi madre estaba muy, muy callada. Mi padre fue el único que habló. Dijo que mi hermana no podría volver a ver nunca más a ese chico que la pegaba, y que iba a tener una charla con los padres del chico esa noche. Entonces mi hermana dijo que la culpa había sido suya, que lo había estado provocando, pero mi padre dijo que aquello no era excusa.

—Pero ¡lo quiero! —nunca había visto a mi hermana llorar tanto.

—No, no lo quieres.

—¡Te odio!

—No, no me odias —mi padre a veces puede ser muy tranquilo.

—Él lo es todo para mí.

—No vuelvas a decir eso de nadie nunca más. Ni siquiera de mí —esta vez habló mi madre.

Mi madre elige muy bien cuándo toma partido y, si hay algo que puedo decir sobre mi familia, es que cuando mi madre interviene, siempre se sale con la suya. Y esta vez no fue la excepción. Mi hermana paró de llorar inmediatamente.

Después de eso, mi padre le dio a mi hermana un inesperado beso en la frente. Luego salió de la casa, se subió a su Oldsmobile y se alejó manejando. Pensé que probablemente fuera a hablar con los padres del chico. Y sentí mucha lástima por ellos. Por sus padres, quiero decir. Porque mi padre no pierde una batalla. Así de fácil.

Entonces mi madre se fue a la cocina para preparar el plato favorito de mi hermana, y mi hermana me miró.

—Te odio.

Lo dijo de distinta forma a como se lo había dicho a mi padre. A mí me lo decía en serio. Muy en serio.

—Te quiero —fue lo único que pude decir en respuesta.

—Eres un bicho raro, ¿lo sabes? Siempre has sido un bicho raro. Todo el mundo lo dice. Y lo ha dicho siempre.

—Estoy intentando no serlo.

Entonces me di la vuelta y me fui caminando a mi cuarto y cerré la puerta y metí la cabeza bajo la almohada y dejé que el silencio volviera a poner las cosas en su sitio.

Por cierto, imagino que sentirás curiosidad sobre mi padre. ¿Nos pegaba cuando éramos niños o incluso ahora? He pensado que podrías sentir curiosidad porque Bill la tuvo, después de que le contara lo de ese chico y mi hermana. Pues, por si te lo preguntabas, no lo ha hecho. Nunca les ha levantado la mano a mis hermanos. Y la única vez que me dio una cachetada a mí fue cuando hice llorar a mi tía Helen. Y cuando todos nos tranquilizamos, se puso de rodillas delante de mí y me contó que su padrastro le había dado muchas palizas y que, en la universidad, cuando mi madre se embarazó de mi hermano mayor, decidió que él nunca le pegaría a sus hijos. Y se sentía fatal por haberlo hecho. Y lo sentía muchísimo. Y nunca me volvería a pegar de nuevo. Y no lo ha hecho.

Solo es severo, a veces.

Con mucho cariño,
Charlie

——

15 de octubre de 1991

Querido amigo:

Supongo que olvidé mencionar en mi última carta que fue Patrick quien me habló de la masturbación. Supongo que también olvidé contarte con qué frecuencia la practico ahora, que es mucha. No me gusta ver fotos. Solo cierro los ojos y sueño con una mujer que no conozco. E intento no sentir vergüenza. Nunca pienso en Sam cuando lo hago. Nunca. Es muy importante para mí, porque me hizo muy feliz cuando dijo "charliescamente", ya que me pareció un chiste local, si se le puede llamar así.

Una noche, me sentí tan culpable que le prometí a Dios que nunca lo volvería a hacer. Así que empecé a utilizar mantas, pero las mantas dolían, así que empecé a utilizar almohadas, pero las almohadas dolían, así que volví a hacerlo normal. No me han educado muy religiosamente porque mis padres fueron a un colegio católico, pero yo creo mucho en Dios. Solo que no le he puesto nunca nombre, sabes a qué me refiero, ¿no? Espero no haberlo decepcionado.

A propósito, mi padre tuvo una conversación seria con los padres del chico. La madre se enojó muchísimo y le dio unos cuantos gritos a su hijo. El padre se quedó callado. Mi padre no entró demasiado en el terreno personal. No les dijo que habían hecho "un pésimo trabajo" educando a su hijo ni nada parecido.

Para él, lo único importante era conseguir que lo ayudaran a mantener al chico alejado de su hija. Una vez que acordaron esto, dejó que se ocuparan ellos de su familia y volvió a casa para ocuparse él de la suya. Por lo menos, así nos lo contó.

La única cosa que le pregunté a mi padre fue sobre los "problemas en casa" del chico. Si creía o no que sus padres le pegaban. Me dijo que no me metiera en lo que no me importaba. Porque él no lo sabía y nunca se lo iba a preguntar y pensaba que daba igual.

—No todo el mundo arrastra una tragedia, Charlie, y aunque así fuera, no los excusaría.

Eso fue todo lo que dijo. Y después nos pusimos a ver la tele.

Mi hermana sigue furiosa conmigo, pero mi padre dijo que hice lo correcto. Espero haberlo hecho, pero a veces es difícil saberlo.

Con mucho cariño,
Charlie

—

28 de octubre de 1991

Querido amigo:

Siento no haberte escrito en un par de semanas, pero he estado intentando "involucrarme", como dijo Bill. Es raro, porque a veces leo un libro y pienso que soy los personajes del libro. También, cuando escribo cartas, paso los dos días siguientes pensando en lo que llegué a comprender en mis cartas. No sé si esto es bueno o malo. De todas maneras, estoy intentando involucrarme.

Por cierto, el libro que me dio Bill era *Peter Pan,* de J. M. Barrie. Sé en lo que estás pensando. Los dibujos animados de Peter Pan con los niños perdidos. El libro en sí es muchísimo mejor. Es solo la historia de un chico que se niega a crecer y que, cuando Wendy se hace mayor, se siente muy traicionado. Por lo menos es lo que yo saqué de la novela. Creo que Bill me la dio para enseñarme una lección de algún tipo.

Lo bueno es que la leí y, por su fantasía, no pude pretender estar dentro. De esa forma pude involucrarme en la vida y aun así leer.

En cuanto a involucrarme en cosas, estoy intentando ir a los eventos sociales que organiza la prepa. Es demasiado tarde para apuntarme en algún club o algo parecido, pero a pesar de ello intento ir a lo que puedo. Como el partido de futbol y el baile de antiguos alumnos, aunque no tenga pareja.

Me cuesta creer que algún día volveré a la prepa para un partido de futbol una vez que me haya ido de aquí, pero fue divertido fingir que lo hacía. Encontré a Patrick y a Sam sentados en su sitio de siempre en las gradas, y empecé a hacer como si no los hubiera visto en un año, aunque lo había hecho aquella misma tarde durante el descanso mientras me comía mi naranja y ellos fumaban.

—Patrick, ¿eres tú? Y Sam... Ha pasado tanto tiempo. ¿Quién está ganando? Madre mía, la universidad es un infierno. El profesor me está obligando a leer veintisiete libros este fin de semana, y mi novia me necesita para pintar pancartas para su manifestación de este martes. Que la Administración sepa que vamos en serio. Mi padre está ocupado con su *swing* de golf, y mi madre solo tiene tiempo para el tenis. Tenemos que repetir esto otra vez. Me quedaría, pero tengo que recoger a mi hermana de su *coaching* de inteligencia emocional. Está haciendo auténticos progresos. Me alegro de verlos.

Y entonces me alejé. Bajé al puesto de comida y compré tres bandejas de nachos y una Coca-Cola Light para Sam. Cuando volví, me senté y les di a Patrick y a Sam los nachos y a Sam su Coca-Cola Light. Y Sam sonrió. Lo mejor de Sam es que no cree que esté loco por fingir que hago cosas. Patrick tampoco, pero estaba demasiado ocupado viendo el partido y gritándole a Brad, el defensa.

Sam me dijo durante el partido que más tarde iban a ir a la casa de un amigo suyo que daba una fiesta. Luego me preguntó si quería acompañarlos, y le dije que sí porque nunca había estado en una fiesta. Pero había visto una en mi casa.

Mis padres se habían ido a Ohio a ver el entierro o la boda, no recuerdo cuál, de un primo muy lejano. Y dejaron a mi hermano como encargado de la casa. En aquella época tenía dieciséis años. Mi hermano aprovechó la oportunidad para dar una gran fiesta con cerveza y todo. Me ordenaron que me quedara en mi habitación, lo que no estuvo mal porque era ahí donde todos dejaban sus abrigos y fue divertido ver lo que llevaban en los bolsillos. Cada diez minutos más o menos, una chica o un chico borracho entraba tambaleándose en mi cuarto para ver si podían enrollarse allí o algo. Entonces, me veían y se iban. Bueno, menos una pareja.

Esta pareja, que según supe luego era muy popular y estaba muy enamorada, entró a tropezones en mi cuarto y me preguntó si me importaba que lo utilizaran. Les dije que mis hermanos me habían dicho que tenía que quedarme allí, y me preguntaron si podían usar la habitación de todas maneras conmigo dentro. Dije que no veía por qué no, así que cerraron la puerta y empezaron a besarse. A besarse desenfrenadamente. Después de unos minutos, la mano del chico trepó por debajo de la camisa de la chica, y ella empezó a protestar.

—Vamos, Dave.

—¿Qué?

—El niño está aquí.

—No pasa nada.

Y el chico siguió subiéndole la camisa a la chica, y por mucho que ella dijera que no, él continuó. Después de unos minutos, ella dejó de protestar, y él le quitó la camisa, y ella llevaba un brassiere blanco de encaje. Sinceramente, llegados a este punto yo ya no sabía qué hacer. Luego él le quitó el brassiere y empezó a besarle el pecho. Y después le metió la mano dentro de los pantalones y ella empezó a gemir. Creo que ambos estaban muy borrachos. Él intentó quitarle los pantalones, pero ella empezó a llorar muy fuerte, así que fue por los suyos. Se bajó los pantalones y los calzoncillos hasta las rodillas.

—Por favor. Dave. No.

Pero el chico le dijo suavemente lo guapa que estaba y cosas así, y ella le agarró el pene con las manos y empezó a moverlo. Ojalá pudiera describirlo un poco mejor sin usar palabras como "pene", pero es que en realidad fue así.

Unos minutos después, el chico empujó hacia abajo la cabeza de la chica, y ella empezó a besarle el pene. Todavía estaba llorando. Al final, dejó de llorar porque él le metió el pene en la boca y no creo que puedas llorar en esa posición. Llegados a este punto, tuve que apartar la vista porque empecé a sentir náuseas, pero aquello continuó, y siguieron haciendo otras cosas, y ella siguió diciéndole que "no". Incluso cuando me tapé los oídos podía seguir oyéndola decir eso.

Finalmente, mi hermana entró para traerme un plato de papas fritas, y cuando descubrió al chico y a la chica, ellos se detuvieron. Mi hermana se quedó muy sacada de onda, pero no tan sacada de onda como la chica. El chico parecía algo engreído. No dijo demasiado. Después de que se fueron, mi hermana se volteó hacia mí.

—¿Sabían que estabas aquí?

—Sí, me preguntaron si podían usar la habitación.

—¿Por qué no se los impediste?

—No sabía qué iban a hacer.

—Eres un pervertido —fue lo último que dijo mi hermana antes de abandonar la habitación, todavía con el plato de papas fritas en la mano.

Se lo conté a Sam y a Patrick, y ambos se quedaron muy callados. Sam dijo que ella estuvo saliendo con Dave una temporada antes de meterse en la música punk, y Patrick, que había oído hablar de esa fiesta. No me sorprendió, porque se convirtió en una especie de leyenda. Al menos, por lo que me han contado algunos cuando he dicho quién es mi hermano mayor.

Cuando llegó la policía, encontraron a mi hermano dormido en el tejado. Nadie sabe cómo llegó hasta allí. Mi hermana estaba fajando en el cuarto de la lavadora con un casi universitario. Ella estaba en tercero de secundaria en aquel tiempo. Muchos padres vinieron entonces a casa a recoger a sus hijos, y muchas de las chicas se fueron llorando y vomitando. A esas alturas, la mayoría de los chicos ya se habían escapado. Mi hermano se había metido en un buen lío, y con mi hermana mis padres tuvieron una "conversación seria" sobre las malas influencias. Y eso fue todo.

El tal Dave está por entrar a la universidad ahora. Juega en el equipo de futbol. Es receptor. Vi el final del partido cuando Dave atrapó la pelota que lanzó Brad para hacer un *touchdown*. Supuso la vitoria del partido para nuestra prepa. Y la gente de las gradas se volvió loca porque habíamos ganado. Pero yo en lo único que podía pensar era en esa fiesta. Pensé en ello sin decir palabra durante un rato largo y después miré a Sam.

—La violó, ¿verdad?

Ella asintió. No sabría decir si estaba triste o es que sencillamente sabía más cosas que yo.

—Deberíamos decírselo a alguien, ¿no?

Sam esta vez se limitó a negar con la cabeza. Luego me explicó por todo lo que tendrías que pasar para demostrarlo, especialmente en la prepa, cuando el chico y la chica son populares y siguen todavía enamorados.

Al día siguiente, en el baile de antiguos alumnos, los vi bailando juntos. Dave y su chica. Y me puse hecho una furia. Hasta me asustó un poco lo furioso que me puse. Pensé en acercarme a Dave y hacerle daño de verdad, como quizá debería haberle hecho a Sean. Y creo que lo habría cumplido, de no ser porque Sam me vio y me rodeó los hombros con el brazo como suele hacer. Me tranquilizó, y supongo que me alegro de que lo hiciera porque creo que me habría puesto todavía más furioso si le hubiera empezado a pegar a Dave y su novia me hubiera detenido porque lo amaba. Creo que eso me habría enfurecido muchísimo más.

Así que decidí pasar a lo siguiente mejor que podía hacer y desinflé las ruedas del coche de Dave. Sam sabía cuál era.

Ese viernes por la noche, después del partido, tuve un sentimiento que no sé si seré capaz de describir alguna vez, salvo por su calidez. Sam y Patrick me llevaron a la fiesta esa noche, y yo iba en el asiento del medio, en la camioneta de Sam. A Sam le encanta su camioneta porque dice que le recuerda a su padre. El sentimiento que tuve surgió cuando Sam le dijo a Patrick que buscara una estación de radio. Y él no dejó de encontrar anuncios. Y anuncios. Y una canción de amor malísima con la palabra "baby". Y después más anuncios. Y por fin encontró una canción verdaderamente increíble que trataba de un chico, y todos nos quedamos callados.

Sam seguía el ritmo con la mano en el volante. Patrick había sacado la mano fuera del coche y hacía ondas en el aire. Y yo simplemente estaba ahí sentado entre los dos. Cuando la canción terminó, dije algo.

—Me siento infinito.

Y Sam y Patrick me miraron como si hubiera dicho lo mejor que habían escuchado nunca. Porque la canción había sido buenísima y porque todos le habíamos puesto verdadera atención. Cinco minutos únicos en la vida que habíamos empleado de verdad, y nos sentíamos jóvenes en el mejor de los sentidos. Después compré el disco, y te diría cuál era, pero lo cierto es que no lo entenderías a no ser que estuvieras yendo en coche a tu primera fiesta de verdad, y fueras en el asiento del medio de una camioneta con dos buenas personas en el momento en el que empieza a llover.

Llegamos a la casa donde era la fiesta, y Patrick hizo su llamada secreta con los nudillos. Sería difícil describírtela sin hacer ruido. Se abrió una rendija en la puerta y un chico con el pelo chino nos miró.

—¿Patrick, alias Patty, alias Nada?

—Bob.

La puerta se abrió, y los viejos amigos se abrazaron. Luego, Sam y Bob se abrazaron. Luego, Sam habló:

—Te presento a nuestro amigo, Charlie.

Y no lo vas a creer: ¡Bob me abrazó! Mientras estábamos colgando nuestros abrigos, Sam me dijo que Bob estaba "más fumado que un pinche salmón ahumado". No pude evitar citarlo, aunque contenga una palabrota.

La fiesta era en el sótano de su casa. La habitación estaba muy llena de humo, y los chicos eran mucho mayores. Había dos chicas enseñándose mutuamente sus tatuajes y los *piercings* que llevaban en el ombligo. Casi universitarias, creo.

Un chico llamado Fritz algo estaba comiendo muchos Twinkies. La novia de Fritz le estaba hablando de los derechos de las mujeres, y él no paraba de decir:

—Que sí, nena, que sí.

Sam y Patrick empezaron a fumar cigarros. Bob subió a la cocina cuando oyó el timbre de la puerta. Cuando volvió, traía una lata de cerveza Milwaukee's Best para cada uno y a dos nuevos invitados. Eran Maggie, que necesitaba usar el baño, y Brad, el defensa del equipo de futbol de la prepa. ¡En serio!

No sé por qué me emocionó tanto, pero supongo que cuando ves a alguien por los pasillos o en el campo de futbol o algo, es agradable saber que es una persona de verdad.

Todos fueron muy amables conmigo y me preguntaron un montón de cosas sobre mí. Creo que porque era el más joven y no querían que me sintiera fuera de lugar, especialmente después de decir que no tomaría cerveza. Una vez me tomé una cerveza con mi hermano cuando tenía doce años y no me gustó. Para mí es así de sencillo.

Algunas de las preguntas que me hicieron eran en qué año iba y qué quería ser de grande.

—Estoy en primero de prepa, y todavía no lo sé.

Miré a mi alrededor y vi que Sam y Patrick habían salido con Brad. Fue entonces cuando Bob empezó a ofrecer comida.

—¿Se te antoja un *brownie?*

—Sí, gracias.

De hecho, estaba muy hambriento porque normalmente Sam y Patrick me llevan al Big Boy después de los partidos de futbol y supongo que ya me había acostumbrado a ello. Me comí el *brownie,* y sabía un poco raro, pero aun así era un *brownie,* así que me gustó. Pero no era un *brownie* normal. Como eres mayor, supongo que sabes qué tipo de *brownie* era.

Después de treinta minutos, la habitación empezó a desvanecerse a mi alrededor. Estuve hablando con una de las chicas del *piercing* en el ombligo, y me pareció como si ella estuviera en una película. Empecé a parpadear un montón y a mirar a todas partes, y la música sonaba densa como el agua.

Sam bajó y cuando me vio se volvió hacia Bob.

—Pero ¿a ti qué diablos te pasa?

—Vamos, Sam. Le gustó. Pregúntale.

—¿Cómo estás, Charlie?

—Ligero.

—¿Ves? —la verdad es que Bob parecía un poco nervioso. Después me dijeron que era paranoia.

Sam se sentó junto a mí y me tomó la mano, lo que fue genial.

—¿Ves algo, Charlie?

—Luz.

—¿Te sientes bien?

—Ajá.

—¿Tienes sed?

—Ajá.

—¿Qué te gustaría beber?

—Una malteada.

Y todos en la habitación, excepto Sam, rompieron en carcajadas.

—Está pacheco.

—¿Tienes hambre, Charlie?

—Ajá.

—¿Qué te gustaría comer?

—Una malteada.

No creo que se hubieran reído más alto ni aunque lo que hubiera dicho fuera realmente gracioso. Entonces, Sam me agarró de la mano y me puso de pie en el suelo tambaleante.

—Vamos. Te conseguiré una malteada.

Mientras salíamos, Sam volteó hacia Bob:

—Sigo pensando que eres un cabrón.

Bob no hizo nada más que reírse. Y Sam acabó al final por reírse también. Y yo me alegré de que todo el mundo pareciera tan contento como parecía.

Sam y yo subimos a la cocina y ella encendió la luz. ¡Guau! Era tan brillante que no lo podía creer. Era como cuando ves una película en el cine de día y, cuando sales, no puedes creer que haya todavía luz. Sam sacó un poco de helado y algo de leche y una licuadora. Le pregunté dónde estaba el baño y señaló a la vuelta de la esquina casi como si fuera su casa. Creo que ella y Patrick habían pasado mucho tiempo ahí cuando Bob estaba todavía en la prepa.

Cuando salí del baño, oí un ruido en la habitación donde habíamos dejado nuestros abrigos. Abrí la puerta y vi a Patrick besando a Brad. Una especie de beso robado. Me oyeron en la entrada y se dieron la vuelta. Patrick habló primero.

—¿Eres tú, Charlie?

—Sam me está haciendo una malteada.

—¿Quién es este? —Brad parecía nervioso de verdad, no del mismo modo que Bob.

—Es un amigo mío. Tranquilízate.

Entonces Patrick me sacó de la habitación y cerró la puerta. Puso sus manos sobre mis dos hombros y me miró directamente a los ojos.

—Brad no quiere que nadie lo sepa.

—¿Por qué?

—Porque está asustado.

—¿Por qué?

—Porque es... espera... ¿estás pacheco?

—En el piso de abajo dijeron que lo estaba. Sam me está haciendo una malteada.

Patrick intentó no reírse.

—Escucha, Charlie. Brad no quiere que la gente lo sepa. Me tienes que prometer que no se lo dirás a nadie. Será nuestro pequeño secreto. ¿De acuerdo?

—De acuerdo.

—Gracias.

Dicho esto, Patrick se dio la vuelta y volvió a entrar en el cuarto. Oí voces amortiguadas, y Brad sonaba enfadado, pero no me pareció que fuera de mi incumbencia, así que volví a la cocina.

Tengo que decir que fue la mejor malteada que me he tomado en mi vida. Estaba tan deliciosa que casi me asustó.

Antes de que nos fuéramos de la fiesta, Sam me puso algunas de sus canciones favoritas. Una se llamaba *Blackbird*. La otra *MLK*. Ambas eran muy bonitas. Menciono los títulos porque seguían siendo buenas cuando las escuché sobrio.

Antes de que nos fuéramos ocurrió otra cosa interesante en la fiesta. Patrick bajó al sótano. Supongo que Brad ya se había ido. Y Patrick sonreía. Y Bob empezó a burlarse de él diciendo que estaba enamorado del defensa. Y Patrick sonreía más todavía. No creo que haya visto nunca a Patrick sonreír tanto. Entonces, Patrick me señaló y le dijo algo a Bob.

—Es especial, ¿eh?

Bob asintió con la cabeza. Patrick entonces dijo algo que no creo que olvide nunca.

—Es un marginado.

Y Bob asintió fuertemente con la cabeza. Y la habitación entera asintió con la cabeza. Y yo empecé a ponerme nervioso de la misma forma que Bob, pero Patrick no me dejó ponerme demasiado nervioso. Se sentó a mi lado.

—Tú ves cosas. Te las callas. Y las comprendes.

No sabía que los demás pensaran cosas de mí. No sabía que ellos miraran. Estaba sentado en el suelo de un sótano en mi primera fiesta de verdad entre Sam y Patrick, y recordé que Sam me había presentado a Bob como su amigo. Y recordé que Patrick había hecho lo mismo con Brad. Y empecé a llorar. Y nadie en esa habitación me vio raro por hacerlo. Y entonces empecé a llorar de verdad.

Bob alzó su bebida y le pidió a todo el mundo que hiciera lo mismo.

—Por Charlie.

Y el grupo entero dijo:

—Por Charlie.

No sabía por qué hacían eso, pero fue muy especial para mí que lo hicieran. Sobre todo Sam. Sobre todo ella.

Te contaría más sobre el baile de antiguos alumnos, pero ahora que pienso en ello, el haber desinflado las ruedas de Dave fue la mejor parte. Intenté bailar, como había sugerido Bill, pero normalmente las canciones que me gustan no se pueden bailar, así que no bailé demasiado. Sam estaba muy guapa con su vestido, pero yo estuve intentando no fijarme porque estoy intentando no pensar en ella de esa manera.

Sí me fijé en que Brad y Patrick no hablaron ni una sola vez durante todo el baile porque Brad estaba bailando por otro lado con una porrista llamada Nancy, que es su novia. Y me fijé en que mi hermana estaba bailando con el chico que no debía, aunque un chico diferente la había recogido en casa.

Después del baile nos fuimos en la camioneta de Sam. Patrick manejaba esta vez. Cuando nos acercamos al túnel de Fort Pitt, Sam le pidió a Patrick que se saliera a la cuneta. Yo no sabía qué estaba pasando. Entonces Sam se subió a la parte trasera de la camioneta, sin llevar puesto nada más que su vestido de fiesta. Le dijo a Patrick que manejara, y él sonrió. Supongo que no era la primera vez que lo hacían.

Como sea, Patrick empezó a manejar verdaderamente rápido y, justo antes de que llegáramos al túnel, Sam se levantó, y el viento convirtió su vestido en un océano de olas. Cuando entramos en el túnel, todo el sonido desapareció en el vacío y lo sustituyó una canción en el radiocassette. Una canción preciosa llamada *Landslide*. Cuando salimos del túnel, Sam soltó un grito de pura diversión y allí estaba: el centro de la ciudad. Luces sobre los edificios y todo lo que hace que te asombres. Sam se sentó y empezó a reír. Patrick empezó a reír. Yo empecé a reír.

Y, en ese momento, juro que éramos infinitos.

Con mucho cariño,
Charlie

PARTE
2

Querido amigo:

Era uno de esos días en los que no me importaba ir a la prepa porque había un clima precioso. El cielo estaba lleno de nubes y el aire parecía darte un baño caliente. No creo que me haya sentido nunca tan limpio. Cuando volví a casa, tuve que cortar el pasto para ganarme la paga y no me importó nada. Iba escuchando música, y disfrutando el día, y recordando cosas. Cosas como caminar por el barrio y contemplar las casas y los céspedes y los árboles de colores y que eso me bastara.

No sé nada sobre el zen o las cosas que los chinos o los indios hacen porque forman parte de su religión, pero una de las chicas de la fiesta que tenía tatuaje y *piercing* en el ombligo se había hecho budista en julio. Apenas habla de otra cosa, salvo tal vez de lo caros que están los cigarros. La he visto varias veces a la hora de comer, fumando entre Patrick y Sam. Se llama Mary Elizabeth.

Mary Elizabeth me contó que lo que tiene el zen es que te conecta con todo el planeta. Eres parte de los árboles y la hierba y los perros. Cosas así. Hasta me explicó que su tatuaje simbolizaba eso, pero no puedo recordar de qué manera. Así que supongo que el zen es un día como este en el que formas parte del aire y recuerdas cosas.

Recuerdo por ejemplo un juego al que solían jugar los chicos. Hacía falta una pelota de futbol americano o algo así, y una persona la tenía, y todos los demás intentaban quitárselo. Y entonces el siguiente que consiguiera la pelota tenía que correr con ella, y los demás chicos intentaban quitársela. Esto podía seguir durante horas. Nunca he llegado a comprender el sentido de este juego, pero a mi hermano le encantaba. No le gustaba tanto correr con la pelota como atacar a la gente. Los chicos llamaban al juego "Aplastar al marica". Nunca me había puesto a pensar en lo que significa hasta ahora.

Patrick me contó la historia de Brad y él, y ahora comprendo por qué Patrick no se enfadó con Brad en la fiesta de antiguos alumnos por bailar con una chica. Cuando ambos estaban en primero de prepa, Patrick y Brad estuvieron juntos en una fiesta con los demás chicos populares. Al parecer, Patrick solía ser popular antes de que Sam le comprara buena música.

Patrick y Brad se emborracharon mucho en esa fiesta. De hecho, Patrick dijo que Brad fingía estar mucho más borracho de lo que en verdad estaba. Se habían sentado en el sótano con una chica llamada Heather, y cuando ella salió para ir al baño, Brad y Patrick se quedaron solos. Patrick dijo que fue a la vez incómodo y excitante para ambos.

—Estás en la clase de Mr. Brosnahan, ¿verdad?

—¿Has ido alguna vez a un espectáculo láser con música de Pink Floyd en el planetario?

—"Alcohol después de cerveza: tendrás dolor de cabeza".

Cuando se les acabó la plática sobre cualquier cosa, se quedaron mirándose el uno al otro. Y acabaron fajando allí mismo en el sótano. Patrick dijo que fue como si el peso del mundo entero se les hubiera quitado a ambos de los hombros.

Pero el lunes en la prepa Brad no paró de repetir:

—Güey, estaba tan pedo. No me acuerdo de nada.

Se lo dijo a todos los que estaban en la fiesta. Se lo dijo unas cuantas veces a la misma gente. Hasta se lo dijo a Patrick. Nadie había visto a Patrick y a Brad fajando, pero de todas formas Brad siguió diciéndolo. Ese viernes hubo otra fiesta. Y esta vez, Patrick y Brad se pusieron con marihuana, aunque Patrick dijo que Brad fingía estar mucho más fumado de lo que en verdad estaba. Y acabaron fajando de nuevo. Y el lunes en la prepa Brad hizo lo mismo.

—Güey, estaba tan pacheco. No me acuerdo de nada.

Esto siguió así durante siete meses.

Llegaron al extremo en el que Brad ya estaba fumado o borracho antes de las clases. No es que él y Patrick tuvieran onda en la prepa. Solo lo hacían los viernes, en las fiestas, pero Patrick dijo que Brad no podía ni siquiera mirarlo por el pasillo, y mucho menos hablar con él. Y fue duro, también, porque a Patrick le gustaba realmente Brad.

Cuando llegó el verano, Brad no tuvo que preocuparse por las clases ni nada, así que sus excesos bebiendo y fumando aumentaron mucho. Hubo una gran fiesta en la casa de Patrick y Sam con mucha gente que no era popular. Brad apareció, lo que causó bastante revuelo porque él sí era popular, pero Patrick mantuvo en secreto la razón por la que Brad había ido a la fiesta. Cuando la mayoría de la gente se fue, Brad y Patrick entraron en la habitación de Brad.

Aquella noche lo hicieron por primera vez.

No quiero entrar en detalles sobre el tema porque es bastante personal, pero solo diré que Brad asumió el papel de la chica desde el punto de vista de dónde pones las cosas. Creo que es bastante importante que te lo diga. Cuando terminaron, Brad empezó a llorar desconsoladamente. Había estado bebiendo un montón. Y estaba muy, muy fumado.

Dijera Patrick lo que dijera, Brad seguía llorando. Brad ni siquiera dejaba que Patrick lo abrazara, lo que me parece bastante triste porque si yo lo hiciera con alguien, querría abrazarlo.

Al final, Patrick le subió los pantalones a Brad y le dijo:

—Finge que te quedaste dormido.

Entonces, Patrick se vistió y dio un rodeo por la casa para volver a la fiesta desde una dirección distinta de la de su cuarto. Él también estaba bañado en lágrimas, y decidió que, si alguien le preguntaba, diría que tenía los ojos rojos por fumar mota. Finalmente se sobrepuso y entró en la sala principal de la fiesta. Hizo como que estaba muy borracho. Fue hacia Sam.

—¿Has visto a Brad?

Sam vio la expresión de los ojos de Patrick. Entonces se dirigió a la gente de la fiesta:

—Hey, ¿alguien ha visto a Brad?

Nadie en la fiesta lo había visto, así que algunos fueron a buscarle. Lo acabaron encontrando en la habitación de Patrick... dormido.

Al final, Patrick llamó a los padres de Brad porque estaba muy preocupado por él. No les dijo por qué, solamente que

Brad se había puesto muy mal en su fiesta y necesitaba que lo llevaran a casa. Los padres de Brad vinieron y el padre de Brad, junto con algunos de los chicos, incluyendo Patrick, llevaron a Brad al coche.

Patrick no sabe si llegados a este punto Brad estaba dormido de verdad o no, pero si no lo estaba, hizo una excelente interpretación. Los padres de Brad lo mandaron a rehabilitación porque el padre de Brad no quería que perdiera la oportunidad de que le dieran una beca deportiva de futbol. Patrick no vio a Brad durante el resto del verano.

Los padres de Brad nunca descubrieron por qué su hijo estaba todo el tiempo fumado y bebido. Ni nadie más. Salvo la gente que lo sabía.

Cuando empezó el curso, Brad evitó mucho a Patrick. Nunca iba a las mismas fiestas que él, ni a nada, hasta hace poco más de un mes. Fue la noche en la que tiró piedras a la ventana de Patrick y le dijo que nadie podía saberlo, y Patrick lo entendió. Ahora solo se encontraban de noche en campos de golf y en fiestas como la de Bob donde la gente no habla de estas cosas y las comprende.

Le pregunté a Patrick si estaba triste por tener que mantenerlo en secreto, y Patrick me dijo que no lo estaba porque, por lo menos ahora, Brad no tiene que emborracharse o fumar para hacer el amor.

Con mucho cariño,
Charlie

8 de noviembre de 1991

Querido amigo:

¡Bill me ha dado mi primer Notable en la clase de Literatura Avanzada por mi redacción sobre *Peter Pan!* Para serte sincero, no sé qué hice que no hiciera en los otros trabajos. Me dijo que mi manejo del lenguaje está mejorando a la vez que las estructuras de mis frases. Creo que es genial que pueda estar mejorando en estas cosas sin darme cuenta. Por cierto, Bill me pone "Sobresalientes" en el boletín de notas y en las cartas para mis padres. Las notas de estos trabajos quedan solo entre nosotros.

Decidí que tal vez quiero escribir cuando sea mayor. Solo que no sé qué escribiría.

He pensado en escribir quizá para revistas, con tal de ver un artículo que no diga cosas como las que he mencionado antes. "Mientras se limpiaba la salsa de miel y mostaza de los labios, me hablaba sobre su tercer marido y el poder sanador de los cristales". Pero, ahora en serio, creo que sería un reportero terrible porque no puedo imaginarme sentado a la mesa enfrente de un político o una estrella de cine y haciéndoles preguntas. Quizá solo les podría preguntar si me daban un autógrafo para mi madre o algo así. Probablemente me echarían por hacerlo. Así que he pensado en que puede que escriba mejor para un periódico porque podría hacerle preguntas a la gente normal, aunque mi hermana dice que los periódicos siempre mienten. No sé si es verdad, así que tendré que comprobarlo cuando me haga mayor.

Empecé a trabajar para un fanzine llamado *Punk Rocky*. Es una revista fotocopiada sobre punk rock y *The Rocky Horror Picture Show*. No escribo en ella, pero echo una mano.

Mary Elizabeth se encarga de la revista, igual que se encarga de las representaciones locales del *Rocky Horror Picture Show*. Mary Elizabeth es una persona muy interesante porque tiene un tatuaje que simboliza el budismo y un *piercing* en el ombligo y lleva un peinado para provocar, pero cuando está a cargo de algo, actúa como mi padre cuando vuelve a casa después de un "día muy largo". Está por entrar a la universidad, y dice que mi hermana es una snob y que va por ahí provocando. Le dije que no volviera a decir nada así de mi hermana nunca más.

De todas las cosas que he hecho este año hasta ahora, creo que lo que más me ha gustado es el *Rocky Horror Picture Show*. Patrick y Sam me llevaron al teatro para verlo la noche de Halloween. Es muy divertido por todos esos chicos disfrazados como la gente de la película y representándola a la vez frente a la pantalla. Además, el público grita cosas al escenario cuando recibe la señal. Probablemente ya lo sabes, pero pensé contártelo por si acaso.

Patrick hace de Frank 'N Furter. Sam de Janet. Es muy difícil ver la película porque Sam se pasea en ropa interior cuando hace de Janet. Estoy intentando en serio no pensar en ella de esa manera, y se está haciendo cada vez más difícil.

Para serte sincero, quiero a Sam. Aunque no es como un amor de película. Solo la miro a veces y me parece que es el ser más bonito y más amable del mundo entero. Es también muy inteligente y divertida. Le escribí un poema después de verla en *The Rocky Horror Picture Show*, pero no se lo he enseñado porque me daba vergüenza. Te lo copiaría, pero creo que sería una falta de respeto hacia Sam.

El caso es que ahora Sam está saliendo con un chico llamado Craig.

Craig es mayor que mi hermano. Creo que puede tener incluso veintiuno, porque bebe vino tinto. Craig sale de Rocky en el espectáculo. Patrick dice que Craig está "más mamado que un cuernito". No sé de dónde saca Patrick sus expresiones.

Pero supongo que tiene razón, Craig está como un cuernito. Es también una persona muy creativa. Está pagando él mismo sus clases para el Art Institute de aquí, haciéndola de modelo masculino para catálogos de JCPenney y cosas parecidas. Le gusta la fotografía, y he visto unas cuantas de sus fotos, y son muy buenas. Hay una de Sam que es sencillamente bella. Sería imposible describir lo bonita que es, pero lo intentaré.

Si escuchas la canción *Asleep,* y piensas en esos días en los que hace un clima precioso que te hace recordar cosas, y piensas en los ojos más hermosos que has visto jamás, y lloras, y esa persona te devuelve el abrazo, entonces creo que verás la fotografía.

Quiero que a Sam le deje de gustar Craig.

Bueno, supongo que estarás pensando que lo digo porque estoy celoso de él. No lo estoy. En serio. Es solo que Craig no escucha de verdad a Sam cuando le habla. No quiero decir que es un mal tipo por no hacerlo. Es solo que siempre parece distraído.

Es como si le hiciera una fotografía a Sam, y la fotografía fuera bonita. Y él pensara que la razón de que la fotografía fuera bonita era su forma de hacerla. Si la hiciera yo, sabría que la única razón de que sea bonita es Sam.

Me parece mal cuando un chico mira a una chica y cree que su forma de mirar a la chica es mejor que la chica en sí misma. Y me parece mal cuando la forma más sincera con la que un chico puede mirar a una chica es a través de una cámara. Me cuesta bastante ver que Sam se siente mejor consigo misma solo porque un chico mayor la ve de esa manera.

Le pregunté a mi hermana sobre el tema, y dijo que Sam tiene baja autoestima. También dijo que Sam tenía mala fama cuando estaba en primero de prepa. Según mi hermana, había sido la "reina de la mamada". Espero que sepas lo que significa, porque de verdad que yo no puedo pensar en Sam y explicártelo.

Estoy realmente enamorado de Sam, y duele un montón.

Le pregunté a mi hermana por el chico del baile. No me habló del tema hasta que le prometí que no se lo contaría a nadie, ni siquiera a Bill. Así que se lo prometí. Dijo que había seguido viéndolo en secreto desde que papá se lo prohibió. Dice que piensa en él cuando no están juntos. Dice que van a casarse cuando ambos terminen la universidad y él acabe el doctorado en Derecho.

Me dijo que no me preocupara porque no le ha pegado desde aquella noche. Y dijo que no me preocupara porque no le volvería a pegar de nuevo. Aparte de eso, en realidad no dijo nada más, aunque no paró de hablar.

Fue agradable sentarme junto a mi hermana aquella noche, porque casi nunca quiere hablar conmigo. Me sorprendió que me contara tantas cosas, pero supongo que como está manteniéndolo todo en secreto, no se lo puede decir a nadie. Y supongo que se estaba muriendo de ganas de contarlo.

Pero por mucho que haya insistido en que no lo haga, sí me preocupo mucho por ella. Después de todo, es mi hermana.

Con mucho cariño,
Charlie

———

12 de noviembre de 1991

Querido amigo:

Me encantan los Twinkies, y digo esto es porque nos pidieron que pensemos en razones para vivir. En la clase de Ciencias, Mr. Z. nos habló de un experimento en el que tomaban una rata o un ratón, y ponían a esta rata o ratón a un lado de una jaula. Al otro lado de la jaula ponían un trocito de comida. Y la rata o el ratón se acercaba a la comida y comía. Entonces, devolvían a la rata o al ratón al lado original de la jaula y, esta vez, ponían electricidad por todo el suelo que la rata o el ratón tendría que recorrer para conseguir el trozo de comida. Hicieron esto durante un tiempo, y la rata o el ratón dejó de ir a buscar la comida al llegar a cierta cantidad de voltaje. Luego, repitieron el experimento, pero reemplazaron la comida con algo que le daba a la rata o al ratón un placer muy intenso. No sé qué sería eso que le daba tan intenso placer, pero supongo que algún tipo de sabor especial para ratas o ratones. Como sea, lo que los científicos descubrieron fue que la rata o el ratón aguantaba mucho más voltaje a cambio de placer. Incluso más que por la comida.

No sé qué significado tiene, pero lo encuentro muy interesante.

Con mucho cariño,
Charlie

———

15 de noviembre de 1991

Querido amigo:

Están empezando a llegar el frío y las heladas. El agradable clima de otoño prácticamente ha desaparecido. Lo bueno es que se acercan las vacaciones, que ahora me gustan todavía más porque mi hermano volverá pronto a casa. ¡Quizá incluso en Acción de Gracias! Al menos espero que lo haga por mi madre.

Mi hermano lleva sin llamar a casa unas cuantas semanas ya, y mi madre no habla más que de sus notas y de los hábitos que tendrá para dormir, y lo que comerá, y mi padre siempre dice lo mismo:

—No le va a hacer daño.

Personalmente, me gusta pensar que mi hermano está teniendo una experiencia universitaria como las de las películas. No me refiero al tipo de películas sobre las grandes fiestas de las hermandades estudiantiles. Más bien a una película en la que el chico conoce a una chica inteligente que suele llevar suéter y bebe chocolate. Hablan de libros y de temas intelectuales y se besan bajo la lluvia. Creo que algo así le vendría muy bien, sobre todo si la chica tuviera una belleza nada convencional. Esas son las mejores, a mí me parece. Personalmente encuentro raras a las "supermodelos". No sé por qué.

Mi hermano, por otro lado, tiene pósters de "supermodelos" y coches y cerveza y cosas así en las paredes de su dormitorio. Supongo que su habitación en la residencia de estudiantes probablemente tiene ese aspecto, añadiéndole un suelo sucio. Mi hermano siempre ha odiado hacer su cama, pero mantenía el clóset de la ropa muy ordenado. Quién lo diría.

El caso es que, cuando mi hermano llama a casa, no cuenta mucho. Habla un poco de sus clases, pero principalmente del equipo de futbol. Hay mucho interés en el equipo porque son muy buenos y tienen jugadores con mucho potencial. Mi hermano dijo que uno de los chicos probablemente será millonario algún día, pero que es "bruto como un poste". Supongo que eso es bastante bruto.

Mi hermano me contó una anécdota en la que estaba todo el equipo sentado en círculo en el vestuario, comentando lo que había que hacer para jugar al futbol en la universidad. Al final acabaron hablando de la puntuación de las pruebas de Selectividad, que yo nunca he hecho.

Y un tipo dijo:

—Yo saqué un 4.

Y mi hermano dijo:

—¿En qué examen?

Y el chico dijo:

—¿Eeehh?

Y el equipo entero se echó a reír.

Siempre he querido estar en un equipo de deporte así. No estoy muy seguro de por qué, pero siempre me ha parecido que sería divertido tener "días de gloria". Luego tendría historias que contar a mis hijos y a los amigotes con los que jugara al golf. Supongo que podría hablar sobre *Punk Rocky* y la vuelta a casa caminando desde la prepa y cosas así. Quizás estos sean mis días de gloria y ni siquiera me estoy dando cuenta porque no hay en ellos una pelota.

Yo solía hacer deporte cuando era más pequeño y, de hecho, era muy bueno, pero el problema fue que me provocaba demasiada agresividad, así que los médicos le dijeron a mi madre que tendría que dejarlo.

Mi padre tuvo una vez días de gloria. He visto fotos de él cuando era joven. Era un hombre muy guapo. No sé expresarlo de otra manera. Era como son siempre las fotos antiguas. Las fotos antiguas parece que son muy toscas y juveniles, y la gente de las fotos siempre parece mucho más feliz que tú.

Mi madre está preciosa en las fotos antiguas. De hecho, está más guapa que nadie, salvo tal vez Sam. A veces miro a mis padres ahora y me pregunto qué ha pasado para hacerlos tal y como son. Y entonces me pregunto qué le pasará a mi hermana cuando su novio termine el doctorado en Derecho. Y cómo será la cara de mi hermano en una tarjeta de futbol, o cómo será si nunca aparece en una tarjeta. Mi padre jugó al beisbol universitario durante dos años, pero tuvo que dejarlo cuando mamá salió embarazada de mi hermano. Fue entonces cuando él empezó a trabajar en la oficina. Sinceramente, no sé lo que hace mi padre.

A veces cuenta una anécdota. Es una historia buenísima. Tiene que ver con el campeonato estatal de beisbol de cuando él iba a la prepa. Estaban en la parte baja de la novena entrada, y había un jugador en la primera base. Hubo dos *outs,* y el equipo de mi padre estaba perdiendo por una carrera. Mi padre era más joven que la mayoría del equipo de la prepa porque estaba solamente en primero, y creo que el equipo pensaba que iba a echar a perder el partido. Tenía toda esa presión. Estaba nerviosísimo. Y muy asustado. Pero después de unos cuantos lanzamientos, dijo que empezó a sentirse "en su elemento". Cuando el pítcher levantó el brazo y lanzó la siguiente bola, sabía exactamente adónde iba a ir esa bola. La golpeó más fuerte que a ninguna otra bola en toda su vida. E hizo un *home run,* y su equipo ganó el campeonato estatal. Lo mejor de esta historia es que, por mucho que mi padre la cuente, nunca cambia. Él no es de los que exageran.

Pienso en todo esto a veces cuando estoy viendo un partido de futbol con Patrick y Sam. Contemplo el campo y pienso en el chico que acaba de hacer el *touchdown.* Creo que estos son los días de gloria de ese chico, y que ese momento se convertirá en una historia algún día, porque todos los que logran *touchdowns* y *home runs* acabarán siendo los padres de alguien. Y cuando sus hijos miren su foto en el anuario escolar, pensarán que su padre era tosco y guapo, y que parecía mucho más feliz que ellos.

Solo espero acordarme de decirles a mis hijos que ellos son tan felices como yo lo parezco en mis viejas fotografías. Y espero que me crean.

Con mucho cariño,
Charlie

18 de noviembre de 1991

Querido amigo:

Mi hermano llamó por fin ayer, y no puede volver a casa en ningún momento de las vacaciones de Acción de Gracias porque va atrasado en los estudios a causa del futbol. Mi madre estaba tan enojada que me llevó a comprar ropa nueva.

Sé que te parecerá que lo que estoy a punto de escribir es una exageración, pero te prometo que no lo es. Desde que entramos en el coche hasta que volvimos a casa, mi madre, literalmente, no paró de hablar. Ni un solo momento. Ni siquiera cuando me metí en el vestidor para probarme pantalones "de vestir".

Se quedó afuera y expresó en voz muy alta sus preocupaciones. Las cosas que dijo se oyeron por todas partes. Primero, que mi padre debería haber insistido en que mi hermano volviera a casa aunque solo fuera una tarde. Después, que mi hermana haría bien en empezar a pensar más en su futuro y enviar solicitudes a universidades "de reserva", por si acaso en las buenas no la aceptan. Y luego empezó a decir que el gris me sentaba bien.

Entiendo la forma de pensar de mi madre. En serio.

Es como cuando éramos pequeños e íbamos al supermercado. Mis hermanos se peleaban por las cosas por las que solían pelearse mis hermanos, y yo iba sentado en la parte de abajo del carrito de la compra. Y mi madre acababa tan enfadada que llevaba el carrito cada vez más rápido, y yo me sentía como si estuviera en un submarino.

Ayer ocurrió igual, salvo porque ahora voy en el asiento delantero.

Cuando vi a Sam y a Patrick hoy en la prepa, ambos coincidieron en que mi madre tiene muy buen gusto con la ropa. Se lo conté a mi madre cuando volví a casa, y sonrió. Me preguntó si quería invitar a Sam y a Patrick a cenar algún día después de las fiestas, porque mi madre con las fiestas ya se pone bastante nerviosa. Llamé a Sam y a Patrick y dijeron que sí.

¡Estoy muy emocionado!

La última vez que vino un amigo a cenar fue Michael el año pasado. Comimos tacos. Lo más genial de todo fue que Michael se quedó a dormir. Acabamos durmiendo muy poco. Casi todo el rato estuvimos hablando de cosas como chicas y películas y música. La parte que recuerdo con más claridad fue cuando paseamos por el vecindario de noche. Mis padres estaban dormidos, igual que el resto de las casas. Michael miró por todas las ventanas. Estaba oscuro y silencioso.

Dijo:

—¿Crees que son buena gente?

Dije:

—¿Los Anderson? Sí. Son mayores.

—¿Y esos de allí?

—Bueno, a Mrs. Lambert no le hace gracia que entren en su jardín las pelotas de beisbol.

—¿Y aquellos de allí?

—Mrs. Tanner ha estado en la casa de su madre durante tres meses. Mr. Tanner pasa los fines de semana sentado en el porche de atrás y escuchando partidos de beisbol. La verdad es que no sé si son buena gente o no porque no tienen niños.

—¿Está enferma?

—¿Quién?

—La madre de Mrs. Tanner.

—No creo. Mi madre lo sabría, y no ha dicho nada.

Michael asintió.

—Se están divorciando.

—¿Tú crees?

—Ajá.

Seguimos andando. A Michael a veces le daba por caminar en silencio. Supongo que debería mencionar que mi madre había oído que los padres de Michael ahora están divorciados. Dijo que solo el setenta por ciento de los matrimonios permanecen juntos cuando pierden un hijo. Creo que lo leyó en una revista en alguna parte.

Con mucho cariño,
Charlie

——

23 de noviembre de 1991

Querido amigo:

¿Te gustan los días de fiesta con tu familia? No me refiero solo a tus padres, sino a tus tíos y primos. A mí, personalmente, sí. Por muchas razones.

Primero, estoy muy interesado y fascinado por cómo se quieren los unos a los otros, pero en realidad a ninguno le gustan los demás. Segundo, las peleas siempre son iguales.

Normalmente empiezan cuando el padre de mi madre (mi abuelo) se acaba la tercera copa. Es entonces cuando se le suelta la lengua. Por lo general, mi abuelo solo se queja de los negros que se mudan a su viejo barrio, y entonces mi hermana se enfada con él, y mi abuelo le dice que ella no sabe de lo que habla porque vive en las afueras. Y entonces se queja de que nadie lo visita en el asilo. Y al final empieza a hablar de todos los secretos familiares, como cuando el primo tal "preñó" a aquella camarera del Big Boy. Probablemente debería mencionar que mi abuelo no oye muy bien, así que dice todas estas cosas en voz muy alta.

Mi hermana intenta discutir con él, pero nunca gana. No cabe duda de que mi abuelo es más cabeza dura que ella. Mi madre normalmente ayuda a su tía a preparar la comida, que mi abuelo siempre dice que está "demasiado seca" incluso siendo sopa. Y entonces la tía de mi madre se echa a llorar y se encierra en el cuarto de baño.

Hay solo un baño en la casa de mi tía abuela, así que esto se convierte en un problema cuando toda la cerveza empieza a hacer efecto sobre mis primos. Se quedan de pie en la puerta, retorcidos sobre su vejiga, y llaman durante algunos minutos hasta que casi convencen a mi tía abuela de que salga, pero entonces mi abuelo la insulta y el ciclo empieza otra vez. Con la excepción de una fiesta en la que mi abuelo se amodorró justo después de cenar, mis primos siempre tienen que ir al baño afuera en los arbustos. Si miras por las ventanas como yo, puedes verlos, y parece como si estuvieran en una de sus excursiones de caza. Siento muchísima lástima por mis primas y mis otras tías abuelas, porque no tienen la opción de los arbustos, y menos cuando hace frío.

Debería mencionar que mi padre en general se limita a sentarse en silencio absoluto y a beber. Mi padre no es un gran bebedor, para nada, pero cuando tiene que pasar tiempo con la familia de mi madre se pone "ciego", como dice mi primo Tommy. En el fondo, creo que mi padre preferiría pasar las fiestas con su familia en Ohio. De esa forma no tendría que estar cerca de mi abuelo. No le gusta demasiado mi abuelo, pero no dice nada sobre el tema. Ni siquiera al volver a casa. Simplemente no cree que le corresponda hablar de ello.

Conforme va llegando el final de la noche, mi abuelo suele estar demasiado borracho para hacer nada. Mi padre y mi hermano y mis primos lo llevan al coche de la persona que esté menos enfadada con él. Siempre ha sido mi trabajo abrirles las puertas durante el camino. Mi abuelo está muy gordo.

Me acuerdo que hubo una época en la que mi hermano llevaba en coche a mi abuelo hasta el asilo, y yo les acompañaba. Mi hermano siempre comprendía a mi abuelo. Rara vez se enojaba con él a no ser que mi abuelo dijera algo malo sobre mi madre o mi hermana, o hiciera un numerito. Me acuerdo que nevaba mucho, y todo estaba muy silencioso. Casi apacible. Y mi abuelo se calmó y empezó una conversación totalmente distinta.

Nos contó que cuando tenía dieciséis años tuvo que dejar el colegio porque su padre murió y alguien tenía que mantener a la familia. Nos habló de la época en la que tenía que ir a la fábrica tres veces al día para ver si había algún trabajo para él. Y nos habló del frío que hacía. Y del hambre que pasaba porque siempre se aseguraba de que su familia comiera antes que él. Cosas que nunca entenderíamos porque éramos muy afortunados. Entonces, nos habló de sus hijas, mi madre y la tía Helen.

—Sé lo que tu madre piensa de mí. Y Helen, también. Hubo una época... fui a la fábrica... no había trabajo... ninguno...

Volví a casa a las dos de la mañana... muy enojado... tu abuela me enseñó sus cuadernos de calificaciones... Habían sacado solo un Suficiente... y eran chicas listas. Así que fui a su habitación y les di una buena paliza para que se compusieran... y cuando terminé y estaban llorando, levanté sus calificaciones y dije... "Es la última vez que pasa esto". Ella todavía habla de eso... su madre... pero ¿saben una cosa?... aquella fue la última vez... fueron a la universidad... las dos. Me hubiera gustado haber podido enviarlas yo... Siempre quise hacerlo... Espero que Helen lo entendiera. Creo que su madre lo hizo... en el fondo... es una buena mujer... deberían estar orgullosos de ella.

Cuando se lo contamos a mi madre se puso triste porque él nunca le había dicho esas cosas. Jamás. Ni siquiera cuando la llevó al altar.

Pero este día de Acción de Gracias ha sido diferente. Mi hermano había jugado un partido de futbol, que trajimos en un video para que lo vieran todos mis familiares. La familia entera estaba reunida delante de la tele, incluso mis tías abuelas, que nunca ven futbol. Jamás olvidaré la expresión en sus caras cuando mi hermano salió al campo. Fue una mezcla de todo. Uno de mis primos trabaja en una gasolinera. Y otro primo ha estado dos años sin trabajar desde que tuvo un accidente en la mano. Y mi otro primo ha estado queriendo volver a la universidad durante siete años. Y mi padre dijo una vez que tenían envidia de mi hermano porque había tenido una oportunidad en la vida y la estaba aprovechando.

Pero en el instante en el que mi hermano salió al campo, aquello quedó olvidado y todos se enorgullecieron. Hubo un momento en que mi hermano hizo una jugada buenísima en el tercer *down,* y todos le aplaudimos aunque algunos de nosotros ya habíamos visto el partido. Levanté la mirada hacia mi padre, y estaba sonriendo. Miré a mi madre, y sonreía, aunque estaba nerviosa por si mi hermano se hacía daño, cosa rara porque era una grabación de un partido antiguo y sabía que no se había hecho daño. Mis tías abuelas y mis primos y sus hijos y todo el mundo sonreía también. Hasta mi hermana. Solo había dos personas que no sonreían. Mi abuelo y yo.

Mi abuelo estaba llorando.

Esa especie de llanto que es callado y secreto. Esa especie de llanto que solo yo percibí. Pensé en él yendo a la habitación de mi madre cuando era pequeña y dándole una paliza y levantando su cuaderno de calificaciones y diciendo que era la última vez que traían malos resultados. Y ahora creo que quizá se refiriera a mi hermano mayor. O a mi hermana. O a mí. Que quería asegurarse de que él había sido el último que trabajaría en una fábrica.

No sé si es bueno o malo. No sé si es mejor que tus hijos sean felices y no vayan a la universidad. No sé si es mejor tener una buena relación con tu hija o asegurarte de que tenga una vida mejor que la tuya. La verdad es que no lo sé. Me quedé en silencio y lo contemplé.

Cuando el partido acabó y terminamos de cenar, todos dijeron las razones por las que daban gracias. Muchas tuvieron que ver con mi hermano o con la familia o con los hijos o con Dios. Y todos lo decían en serio, pasara lo que pasara al día siguiente. Cuando llegó mi turno pensé en ello un montón porque era la primera vez que me sentaba en la mesa grande con todos los mayores, ya que mi hermano no estaba ahí para tomar su sitio.

—Doy gracias porque mi hermano haya jugado futbol en la televisión, porque no ha habido peleas.

La mayoría de la gente en la mesa pareció incomodarse. Algunos incluso enojarse. Mi padre puso cara de saber que yo tenía razón, pero no quiso decir nada porque no era su familia. Mi madre se puso nerviosa por lo que iba a hacer su padre. Solo una persona en la mesa dijo algo. Fue mi tía abuela, la que normalmente se encierra en el baño.

—Amén.

Y, de alguna manera, eso lo arregló todo.

Cuando nos preparábamos para irnos, me acerqué a mi abuelo y le di un abrazo y un beso en la mejilla. Se limpió la huella de mis labios con la palma de la mano y me fulminó con la mirada. No le gusta que los chicos de la familia lo toquen. Pero a pesar de todo me alegro mucho de haberlo hecho por si acaso se muere. Nunca di ese paso con mi tía Helen.

Con mucho cariño,
Charlie

—

7 de diciembre de 1991

Querido amigo:

¿Has oído hablar alguna vez del "Amigo Invisible"? Es un juego en el que un grupo de amigos saca nombres de un sombrero y tiene que comprar muchos regalos de Navidad para la persona que le tocó a cada uno. Se colocan "secretamente" los regalos en el casillero de la persona cuando esta no está. Después, al final, hay una fiesta, y todo el mundo revela quién es mientras da sus últimos regalos.

Sam empezó a hacer esto con su grupo de amigos hace tres años. Ahora es una especie de tradición. Y en teoría la fiesta que hay al final es siempre la mejor del año. Es la noche después de nuestro último día de clase antes de las vacaciones de Navidad.

No sé a quién le toqué yo. A mí me tocó Patrick.

Me alegro mucho de que me tocara Patrick, aunque hubiera preferido a Sam. Llevo varias semanas sin ver a Patrick salvo en clase de Pretecnología porque ha pasado casi todo el tiempo con Brad, así que pensar en sus regalos es una buena forma de pensar en él.

El primer regalo va a ser un *mixtape*. Sé que tiene que serlo. Ya tengo las canciones escogidas y un tema. Se llama "Un invierno". Pero he decidido no colorear a mano la carátula. La primera cara tiene un montón de canciones de Village People y Blondie porque a Patrick le gusta mucho ese tipo de música. También tiene *Smells Like Teen Spirit* de Nirvana, que Sam y Patrick adoran. Pero la segunda cara es la que más me gusta. Tiene canciones que tratan más o menos sobre el invierno.

Aquí van:

Asleep de The Smiths
Vapour Trail de Ride
Scarborough Fair de Simon & Garfunkel
A Whiter Shade of Pale de Procol Harum
Time of No Reply de Nick Drake

Dear Prudence de los Beatles
Gypsy de Suzanne Vega
Nights in White Satin de The Moody Blues
Daydream de Smashing Pumpkins
Dusk de Genesis (¡antes incluso de que Phil Collins estuviera en la banda!)
MLK de U2
Blackbird de los Beatles
Landslide de Fleetwood Mac

Y al final...

Asleep de The Smiths (¡otra vez!)

He pasado toda la noche trabajando en ella, y espero que a Patrick le guste tanto como a mí. Sobre todo la segunda cara. Espero que sea el tipo de segunda cara que pueda escuchar cada vez que maneje solo y que lo reconforte cuando esté triste. Espero que pueda ser algo así para él.

Sentí algo increíble cuando por fin tuve la cinta en la mano. Pensé para mí que en la palma de la mano tenía una cinta llena de recuerdos y sentimientos y grandes alegrías y tristezas. Ahí, en la palma de mi mano. Y pensé en cuánta gente ha amado esas canciones. Y cuánta gente la ha pasado muy mal por culpa de esas canciones. Y cuánta gente la ha pasado muy bien con ellas. Y cuánto significan de verdad esas canciones. Creo que sería genial haber escrito alguna. Apuesto a que si yo hubiera escrito una de ellas estaría muy orgulloso. Espero que la gente que las haya escrito esté contenta. Espero que se sienta satisfecha. De verdad que lo espero, porque me han hecho muy feliz. Y solo soy una persona.

Me muero de ganas de tener el permiso de conducir. ¡Ya falta poco!

A propósito, no te he hablado de Bill desde hace tiempo. Pero supongo que no hay mucho que contar, porque sigue dándome libros que no les da a otros estudiantes, y yo sigo leyéndolos, y él me sigue pidiendo que escriba redacciones, y yo las hago. Durante el último mes o así, he leído *El Gran Gatsby* y *Una paz solo nuestra*. Estoy empezando a reconocer un patrón en el tipo de libros que Bill me da para leer. E igual que la cinta de canciones, es increíble sostener cada uno de ellos en la palma de la mano. Todos son mis favoritos. Todos.

Con mucho cariño,
Charlie

—

11 de diciembre de 1991

Querido amigo:

¡A Patrick le encantó la cinta! Aunque creo que sabe que soy su Amigo Invisible, porque creo que sabe que solo yo haría una cinta así. También sabe cómo es mi letra. No sé por qué no me doy cuenta de estas cosas hasta que es demasiado tarde. Tendría que haberla reservado para el último regalo.

A propósito, he pensado en mi segundo regalo para Patrick. Es poesía magnética. ¿Has oído hablar de ella? Por si acaso no, te lo explicaré. Un chico o una chica pone un montón de palabras en una hoja de papel magnético y después corta las palabras en piezas separadas. Después las pones en tu refrigerador y escribes poemas mientras te haces un bocadillo. Es muy divertido.

El regalo de mi Amigo Invisible no ha sido nada especial. Me entristeció. Te apostaría cualquier cosa a que Mary Elizabeth es mi Amigo Invisible, porque solo ella me regalaría calcetines.

Con mucho cariño,
Charlie

—

19 de diciembre de 1991

Querido amigo:

Desde entonces he recibido pantalones "de vestir" de segunda mano. También recibí una corbata, una camisa blanca, zapatos y un cinturón viejo. Supongo que mi último regalo en la fiesta será un saco, porque es lo único que falta. Me dijeron mediante una nota escrita a máquina que lleve todos los regalos puestos a la fiesta. Espero que haya algo detrás de esto.

Lo bueno es que a Patrick le gustaron mucho todos mis regalos. El regalo número tres fue un estuche de acuarelas y algo de papel. Me pareció que podría gustarle tenerlas, incluso si no las utiliza. El regalo número cuatro ha sido una armónica y un libro sobre cómo tocarla. Probablemente parezca el mismo regalo que las acuarelas, pero es que pienso que todo el mundo debería tener acuarelas, poesía magnética y una armónica.

Mi último regalo antes de la fiesta es un libro llamado *El alcalde de la calle Castro.* Es sobre un hombre llamado Harvey Milk, que fue un líder gay en San Francisco. Fui a la biblioteca cuando Patrick me dijo que era gay, e investigué un poco porque sinceramente no sabía demasiado del tema. Encontré un artículo acerca de un documental sobre Harvey Milk. Y, como no pude encontrar el documental, busqué su nombre y encontré este libro.

No lo he leído, pero por su descripción parece muy bueno. Espero que a Patrick le diga algo. Me muero de ganas de que llegue la fiesta para poder darle a Patrick mi regalo. Por cierto, ya hice los exámenes finales del semestre y he estado muy ocupado, y te habría contado todo sobre el tema, pero es que no parece tan interesante como las cosas que tienen que ver con las fiestas.

Con mucho cariño,
Charlie

—

21 de diciembre de 1991

Querido amigo:

Guau. Guau. Puedo contártelo con pelos y señales si quieres. Estábamos todos sentados en la casa de Sam y Patrick, que nunca había visto antes. Era una casa elegante. Muy limpia. Y estábamos dándonos los últimos regalos. Las luces de afuera estaban encendidas, y nevaba, y parecía mágico. Como si estuviéramos en otro lugar. Como si estuviéramos en un lugar mejor.

Era la primera vez que veía a los padres de Sam y Patrick. Eran muy agradables. La madre de Sam es muy guapa y cuenta unos chistes buenísimos. Sam dijo que antes había sido actriz, cuando era más joven. El padre de Patrick es muy alto y da buenos apretones de mano. También es muy buen cocinero. Muchos padres te hacen sentir incomodísimo cuando los conoces. Pero los de Sam y Patrick no. Fueron muy simpáticos durante toda la cena, y cuando la cena acabó se fueron para que pudiéramos tener nuestra fiesta. Ni siquiera se pasaron a echarnos un ojo ni nada. Ni una sola vez. Simplemente nos dejaron creer que era nuestra casa. Así que decidimos tener la fiesta en la sala "de juegos", que no tenía juegos sino una gran alfombra.

Cuando revelé que yo era el Amigo Invisible de Patrick, todos se rieron porque ya lo sabían, y Patrick hizo una gran actuación fingiendo sorpresa, que fue algo muy bonito por su parte. Después, todos preguntaron qué era mi último regalo, y les dije que era un poema que había leído hacía tiempo. Era un poema que Michael había copiado para mí. Y lo he leído mil veces desde entonces porque no sé quién lo escribió. No sé si alguna vez formó parte de un libro o si lo dieron en alguna clase. Y no sé qué edad tenía esa persona. Pero sé que quiero conocerlo o conocerla. Quiero saber que esa persona está bien.

Así que todos me pidieron que me levantara y leyera el poema. Y no me rajé porque estábamos intentando comportarnos como adultos y bebíamos brandy. Y yo estaba alegre. Todavía estoy algo alegre, pero tengo que contártelo ya. Entonces, me levanté y, justo antes de leer el poema, les pedí a todos que si sabían quién lo había escrito por favor me lo dijeran.

Cuando acabé de leer el poema, todo el mundo se quedó en silencio. Un silencio muy triste. Pero lo increíble fue que no era una tristeza mala, para nada. Solo algo que hizo que todos miraran a los demás a su alrededor y supieran que estaban allí. Sam y Patrick me miraron a mí. Y yo los miré a ellos. Y creo que ellos sabían. Nada en concreto, en realidad. Simplemente, sabían. Y creo que es todo lo que puedes llegar a pedirle a un amigo.

Entonces fue cuando Patrick puso la segunda cara de la cinta que hice para él y les sirvió a todos otra copa de brandy. Supongo que parecíamos un poco tontos bebiéndolo, pero no nos sentíamos tontos. Eso te lo puedo asegurar.

Mientras sonaban las canciones, Mary Elizabeth se levantó. Pero no llevaba un saco en la mano. Resultó que no era para nada mi Amigo Invisible. Era el Amigo Invisible de la otra chica con tatuaje y *piercing* en el ombligo, cuyo nombre verdadero es Alice. Le regaló un esmalte de uñas negro al que Alice ya le había echado el ojo. Y Alice se lo agradeció mucho. Yo me quedé allí, mirando por la habitación. Buscando el saco. Sin saber quién podía tenerla.

La siguiente en levantarse fue Sam, y le dio a Bob una pipa de marihuana hecha a mano por los indios americanos, que parecía bastante oportuna.

Hubo más regalos de la gente. Y hubo más abrazos. Y por fin, llegó el final. No quedaba nadie excepto Patrick. Y se levantó y se fue andando a la cocina.

—¿Alguien quiere más papas fritas?

Todos querían. Y salió con tres tubos de Pringles y un saco. Y se acercó a mí. Y dijo que todos los grandes escritores solían ir siempre de traje.

Así que me puse el saco, aunque no sentía que realmente lo mereciera ya que lo único que escribo son redacciones para Bill, pero fue un regalo precioso, y todos aplaudieron igualmente. Sam y Patrick estuvieron de acuerdo en que me veía guapo. Mary Elizabeth sonrió. Yo creo que ha sido la primera vez en mi vida que me he visto "bien". ¿Sabes a lo que me refiero? Esa sensación agradable cuando miras en el espejo y tienes el pelo bien por primera vez en tu vida... No creo que debiéramos darle tanta importancia al peso, a los músculos y al día del pelo bien, pero cuando ocurre, es agradable. Y mucho.

El resto de la noche fue muy especial. Ya que mucha gente se iba con sus familias a lugares como Florida e Indiana, todos intercambiamos regalos con aquellos para los que no éramos Amigos Invisibles.

Bob le dio a Patrick tres gramos y medio de marihuana con una postal navideña. Incluso la envolvió en papel de regalo. Mary Elizabeth le regaló a Sam unos aretes. Alice igual. Y Sam también les regaló aretes a ellas. Creo que es algo muy de chicas. Tengo que reconocer que me dio un poco de tristeza porque aparte de Sam y Patrick nadie me hizo ningún regalo. Supongo que no somos muy íntimos, así que es lógico. Pero aun así me dio un poco de tristeza.

Y entonces llegó mi turno. Le regalé a Bob un tubito de plástico para hacer burbujas de jabón porque me parecía que encajaba con su personalidad. Supongo que acerté.

—Es total —fue lo único que dijo.

Se pasó el resto de la noche soplando burbujas hacia el techo.

La siguiente fue Alice. Le regalé un libro de Anne Rice porque siempre está hablando de ella. Y me miró como si no pudiera creer que yo supiera que le encantaba Anne Rice. Supongo que no era consciente de cuánto hablaba ella o de cuánto escuchaba yo. Pero me lo agradeció igual. Después vino Mary Elizabeth. Le di cuarenta dólares dentro de una tarjeta. La tarjeta decía algo muy sencillo: "Para gastarlos en imprimir a color *Punk Rocky* la próxima vez".

Y se quedó mirándome con cara rara. Entonces, todos empezaron a mirarme con cara rara salvo Sam y Patrick. Creo que empezaron a sentirse mal por no haberme regalado nada. Pero no me parece que debieran hacerlo, porque no creo que ese sea el sentido, en realidad. Mary Elizabeth se limitó a sonreír, y dijo "gracias", y después apartó los ojos de los míos.

Por último llegó Sam. Había estado pensando en su regalo durante mucho tiempo. Creo que pensé en su regalo la primera vez que la vi de verdad. No cuando la conocí o la miré, sino la primera vez que la vi en serio, no sé si me entiendes. Lo acompañaba una tarjeta.

Dentro de la tarjeta le decía a Sam que el regalo que le hacía me lo había dado mi tía Helen. Era un viejo disco de 45 rpm que tenía la canción *Something* de los Beatles. Solía escucharla todo el tiempo cuando era pequeño y pensaba en las cosas de los mayores. Me iba a la ventana de mi cuarto y contemplaba fijamente mi reflejo en el cristal y los árboles detrás de él y escuchaba la canción durante horas. Decidí entonces que cuando conociera a una persona que me pareciera tan bonita como la canción se la regalaría. Y no me refería a bonita en el exterior. Me refería a bonita en todos los sentidos. Por eso se la daba a Sam.

Sam me miró emocionada. Y me abrazó. Y yo cerré los ojos porque no quise sentir nada que no fueran sus brazos. Y ella me besó en la mejilla y susurró para que nadie pudiera oírlo:

—Te quiero.

Sabía que lo decía como amiga, pero no me importó porque era la tercera vez desde que mi tía Helen había muerto que se lo escuchaba a alguien. Las otras dos veces había sido mi madre.

Después de aquello no podía creer que Sam realmente tuviera un regalo para mí, porque de verdad que aquel "te quiero" me pareció uno. Pero sí que tenía un regalo para mí. Y por primera vez, algo así de bueno me hizo sonreír y no llorar. Supongo que Sam y Patrick fueron a la misma tienda de segunda mano, porque sus regalos iban juntos. Me llevó a su habitación y me puso delante de su tocador, que estaba cubierto por una funda de almohada de colores alegres. Levantó la funda y ahí estaba yo, de pie con mi traje antiguo, mirando una máquina de escribir antigua con una cinta de tinta nueva. Dentro de la máquina había una hoja blanca de papel.

En esa hoja blanca de papel, Sam tecleó: "Escribe sobre mí alguna vez". Y yo le respondí, de pie allí mismo, en su habitación. Escribí simplemente: "Lo haré".

Y me alegré de que esas fueran las dos primeras palabras que había escrito en la nueva máquina de escribir antigua que me regaló Sam. Nos sentamos allí en silencio durante un momento, y ella sonrió. Y yo volví a la máquina de escribir y escribí algo:

—Yo también te quiero.

Y Sam miró el papel, y me miró a mí.

—Charlie... ¿has besado alguna vez a una chica?

Sacudí la cabeza negativamente. Todo estaba en silencio.

—¿Ni siquiera cuando eras pequeño?

Volví a negar con la cabeza. Y ella puso una cara muy triste.

Me contó la primera vez que la besaron. Me dijo que fue uno de los amigos de su padre. Ella tenía siete años. Y no le había hablado a nadie del tema salvo a Mary Elizabeth y después a Patrick, hacía un año. Y empezó a llorar. Y dijo algo que no olvidaré. Nunca.

—Sé que sabes que me gusta Craig. Y sé que te dije que no pensaras en mí de esa manera. Y sé que no podemos estar juntos. Pero quiero olvidar todo eso durante un minuto. ¿De acuerdo?

—De acuerdo.

—Quiero asegurarme de que la primera persona que besas te quiere. ¿De acuerdo?

—De acuerdo.

Entonces se echó a llorar con más fuerza. Y yo también, porque cuando oigo cosas así no puedo evitarlo.

—Solo quiero estar segura de eso. ¿De acuerdo?

—De acuerdo.

Y me besó. Fue el tipo de beso del que nunca podría hablar en voz alta con mis amigos. Fue el tipo de beso que me hizo saber que nunca había sido tan feliz en toda mi vida.

Una vez en una hoja amarilla de papel con rayas verdes escribió un poema

Y lo llamó "Chops"
porque así se llamaba su perro
Y de eso trataba todo
Y su profesor le dio un Sobresaliente
y una estrella dorada
Y su madre lo colgó en la puerta de la cocina
y se lo leyó a sus tías
Ese fue el año en el que el Padre Tracy
llevó a todos los niños al zoo
Y les dejó cantar en el autobús
Y su hermana pequeña nació
con las uñas de los pies diminutas y sin pelo
Y su madre y su padre se besaban mucho
Y la niña de la vuelta de la esquina le envió una
tarjeta de San Valentín firmada con una fila de X
y él tuvo que preguntarle a su padre qué significaban las X
Y su padre siempre le arropaba en la cama por la noche
Y siempre estaba ahí para hacerlo

Una vez en una hoja blanca de papel con rayas azules
escribió un poema
Y lo llamó "Otoño"
porque así se llamaba la estación
Y de eso trataba todo
Y su profesor le dio un Sobresaliente
y le pidió que escribiera con más claridad
Y su madre nunca lo colgó en la puerta de la cocina
porque estaba recién pintada
Y los niños le dijeron

que el Padre Tracy fumaba puros
Y dejaba colillas en los bancos de la iglesia
Y a veces las quemaduras hacían agujeros
Ese fue el año en que a su hermana le pusieron gafas
con cristales gruesos y montura negra
Y la niña de la vuelta de la esquina se rió
cuando él le pidió que fuera a ver a Papá Noel
Y los niños le dijeron por qué
su madre y su padre se besaban mucho
Y su padre nunca le arropaba en la cama por la noche
Y su padre se enfadó
cuando se lo pidió llorando

Una vez en un papel arrancado de su cuaderno
escribió un poema
Y lo llamó "Inocencia: una duda"
porque esa duda tenía sobre su chica
Y de eso trataba todo
Y su profesor le dio un Sobresaliente
y lo miró fijamente de forma extraña
Y su madre nunca lo colgó en la puerta de la cocina
porque él nunca se lo enseñó
Ese fue el año en el que murió el Padre Tracy
Y olvidó cómo
era el final del credo
Y sorprendió a su hermana
fajando con uno en el porche trasero
Y su madre y su padre nunca se besaban
ni siquiera se hablaban

Y la chica de la vuelta de la esquina
llevaba demasiado maquillaje
Que le hacía toser cuando la besaba
pero la besaba de todas formas
porque tenía que hacerlo
Y a las tres de la madrugada se metió él mismo en la cama
mientras su padre roncaba profundamente

Por eso en el dorso de una bolsa de papel marrón
intentó escribir otro poema
Y lo llamó "Absolutamente nada"
Porque de eso trataba todo en realidad
Y se dio a sí mismo un Sobresaliente
y un corte en cada una de sus malditas muñecas
Y lo colgó en la puerta del baño
porque esta vez no creyó
que pudiera llegar a la cocina.

Ese fue el poema que leí para Patrick. Nadie sabía quién lo había escrito, pero Bob dijo que lo había oído antes, y había oído que era la nota de suicidio de un chico. Espero que no lo fuera, porque entonces no sé si me gusta el final.

Con mucho cariño,
Charlie

94

23 de diciembre de 1991

Querido amigo:

Sam y Patrick se fueron ayer con su familia al Gran Cañón. No me siento tan mal al respecto porque todavía puedo recordar el beso de Sam. Me da paz y me hace sentir bien. Incluso me planteé no lavarme los labios, como hacen en televisión, pero después pensé que podría ser demasiado asqueroso. Así que pasé todo el día de hoy paseando por el barrio. Incluso saqué mi viejo trineo y mi vieja bufanda. Hay algo acogedor en ello para mí.

Llegué a la colina donde solíamos ir con el trineo. Había un montón de niños pequeños. Contemplé cómo se deslizaban a toda velocidad. Dando saltos y jugando carreras. Y pensé que todos aquellos niños pequeños iban a crecer algún día. Y todos aquellos niños pequeños iban a hacer lo que nosotros hacemos. Y todos besarán a alguien algún día. Pero, por ahora, con el trineo tienen suficiente. Creo que sería genial si montar en trineo fuera siempre suficiente, aunque no lo es.

Me alegro mucho de que las Navidades y mi cumpleaños estén por llegar porque eso significa que Sam y Patrick volverán pronto, pues ya empiezo a sentir que me estoy yendo a ese lugar oscuro donde solía ir. Después de que mi tía Helen nos dejó, fui a ese lugar. Se puso todo tan negro que mi madre tuvo que llevarme a un médico y repetí curso. Pero ahora estoy intentando no pensar demasiado en ello porque lo empeora todo.

Es como cuando te ves en el espejo y dices tu nombre. Y llega un momento en el que nada parece real. Bueno, a veces puedo hacerlo, pero no me hace falta pasar una hora delante de un espejo. Ocurre muy rápido, y las cosas empiezan a desvanecerse. Y abro los ojos y no veo nada. Y entonces se me acelera la respiración intentando ver algo, pero no lo consigo. Esto no ocurre todo el rato, pero cuando pasa, me asusta.

Casi me pasó esta mañana, pero pensé en el beso de Sam y desapareció.

Probablemente no debería escribir mucho sobre el tema porque lo reaviva todo demasiado. Me hace pensar demasiado. Y estoy intentando implicarme. Solo que es duro porque Sam y Patrick están en el Gran Cañón.

Mañana voy a ir con mi madre a comprar regalos para todos. Y después celebraremos mi cumpleaños. Nací el 24 de diciembre. No sé si alguna vez te lo he dicho. Es un día raro para un cumpleaños porque está demasiado cerca de Navidad. Después de eso, celebraremos la Navidad con la familia de mi padre, y mi hermano volverá a casa una temporada. Entonces iré a hacer el examen de conducir, así que estaré ocupado mientras Sam y Patrick están fuera.

Esta noche estuve viendo la televisión con mi hermana, pero ella no quería ver la programación navideña que estaban poniendo, así que decidí ir al piso de arriba y leer.

Bill me dio un libro para leer durante las vacaciones. Es *El guardián entre el centeno*. Era el libro favorito de Bill cuando tenía mi edad. Dijo que era uno de esos libros que haces tuyos.

Leí las primeras veinte páginas. Todavía no sé qué me parece, pero resulta apropiado en estas fechas. Espero que Sam y

Patrick me llamen por mi cumpleaños. Me haría sentir muchísimo mejor.

Con mucho cariño,
Charlie

———

25 de diciembre de 1991

Querido amigo:

Estoy sentado en el antiguo dormitorio de mi padre en Ohio. Mi familia todavía está en el piso de abajo. No me siento muy bien. No sé qué me pasa, pero estoy empezando a asustarme. Ojalá volviéramos a casa esta noche, pero siempre nos quedamos a dormir aquí. No quiero decírselo a mi madre porque solo conseguiría preocuparla. Se lo contaría a Sam y a Patrick, pero no me llamaron ayer. Y esta mañana nos fuimos de casa después de abrir los regalos. Quizá llamaron esta tarde. Espero que no lo hicieran, porque no estaba allí. Espero que no te moleste que te lo esté contando. Es que no sé qué otra cosa hacer. Siempre me pongo triste cuando me pasa esto, y deseo que Michael estuviera aquí. Y deseo que mi tía Helen estuviera aquí. Echo de menos a mi tía Helen cuando estoy así. Leer el libro tampoco está sirviendo de ayuda. No sé. Estoy pensando demasiado rápido. Rapidísimo. Como esta noche.

Estuvimos viendo en familia *¡Qué bello es vivir!,* que es una película muy bonita. Y lo único que podía pensar era por qué no habían hecho la película sobre el tío Billy. George Bailey fue un hombre importante en su pueblo. Gracias a él, un montón de gente consiguió salir de los barrios pobres. Salvó el pueblo y, cuando su padre murió, fue el único que pudo hacerse cargo de todo. Quería vivir una aventura, pero se quedó allí y sacrificó sus sueños por el bien de la comunidad. Y entonces, cuando eso lo entristeció, fue a suicidarse. Iba a morir porque el dinero de su seguro de vida habría ayudado a su familia. Y entonces un ángel baja del cielo y le enseña cómo sería la vida si él no hubiera nacido. Cómo habría sufrido todo el pueblo. Y cómo su mujer se habría convertido en una "solterona". Y mi hermana este año ni siquiera abrió la boca sobre lo pasado de moda que ha quedado eso. Uno de cada dos años dice algo sobre cómo Mary se ganaba la vida trabajando, y que solo por el hecho de no haberse casado, no significa que su vida no haya valido la pena. Pero este año no dijo nada. No sé por qué. Pensé que podía tener algo que ver con su novio secreto. O quizá con lo que ocurrió en el coche de camino a la casa de la abuela. Yo quería que la película tratara sobre el tío Billy porque bebía mucho y era gordo y perdió el dinero al empezar la película. Quería que el ángel bajara del cielo y nos enseñara que la vida del tío Billy tenía sentido. Entonces creo que me sentiría mejor.

Todo empezó ayer en casa. No me gusta mi cumpleaños. No me gusta nada. Fui de compras con mi madre y mi hermana, y mi madre estaba de mal humor por las plazas y las líneas de estacionamiento. Y mi hermana estaba de mal humor porque no podía comprarle un regalo a su novio secreto a escondidas de mamá. Tendría que volver por su cuenta más tarde. Y yo me sentía raro. Muy raro, porque mientras dábamos vueltas por todas las tiendas no sabía qué regalo querría mi padre que yo le hiciera. Sabía qué comprarle o regalarle a Sam y a Patrick, pero no sabía qué podía comprarle o regalarle o hacerle a mi propio padre. A mi hermano le gustan los pósters de chicas y de latas de cerveza. A mi hermana le gustan los vales para un corte de pelo. A mi madre las películas antiguas y las plantas. A mi padre solo le gusta el golf, y no es un deporte de invierno excepto en Florida, y no vivimos allí. Y ya no juega al beisbol. No le gusta ni siquiera que se lo recuerden, salvo si se pone a contar anécdotas. Yo quería saber qué comprarle a mi padre porque lo quiero. Y no lo conozco. Y a él no le gusta hablar de estas cosas.

—Bueno, ¿por qué no te juntas con tu hermana y le compras ese suéter?

—No quiero. Quiero comprarle algo por mi cuenta. ¿Qué tipo de música le gusta?

Mi padre ya casi no escucha música, y todo lo que le gusta lo tiene.

—¿Qué tipo de libros le gusta leer?

Mi padre ya casi no lee libros porque los escucha grabados en cassettes de camino al trabajo, y los consigue gratis de la biblioteca.

¿Qué tipo de películas? ¿Qué tipo de cosa?

Mi hermana decidió comprar el suéter por su cuenta. Y se empezó a enojar conmigo porque necesitaba tiempo para volver a la tienda y comprar el regalo para su novio secreto.

—Cómprale unas pelotas de golf y ya está, Charlie, por Dios.

—Pero es un deporte de verano.

—Mamá... ¿Puedes obligarlo a comprar algo?

—Charlie. Cálmate. No pasa nada.

Me sentía tan triste... No sabía lo que estaba pasando. Mi madre intentaba ser muy dulce porque cuando me pongo así es ella la que se esfuerza verdaderamente para que nadie pierda los estribos.

—Lo siento, mamá.

—No. No lo sientas. Quieres comprarle un buen regalo a tu padre. Es algo positivo.

—¡Mamá! —mi hermana se estaba poniendo furiosa.

Mi madre ni siquiera la miró.

—Charlie, puedes comprarle a tu padre lo que quieras. Sé que le va a encantar. Ahora, cálmate. No pasa nada.

Mi madre me llevó a cuatro tiendas distintas. En cada una de ellas mi hermana se sentó en la silla más cercana refunfuñando. Por fin encontré la tienda perfecta. Era de películas. Y encontré un vídeo del último episodio de *M.A.S.H.* sin los anuncios. Y me sentí mucho mejor. Entonces, empecé a hablarle a mamá de cuando la vimos todos juntos.

—Ya lo sabe, Charlie. Estaba allí, ¿o no te acuerdas? Ya, vámonos.

Mi madre le dijo a mi hermana que no se metiera donde no la llamaban, y escuchó cómo le contaba la historia que ella ya sabía, quitando la parte sobre mi padre llorando porque ese era nuestro pequeño secreto. Mi madre incluso me dijo que cuento muy bien las cosas. Quiero mucho a mi madre. Y esta vez le dije que la quería. Y ella me dijo que ella también me quería. Y todo estuvo bien durante un rato.

Nos sentamos a la mesa para cenar, esperando a que mi padre volviera a casa del aeropuerto con mi hermano. Venía ya muy tarde, y mi madre empezó a preocuparse porque afuera estaba nevando mucho. E hizo que mi hermana se quedara en casa porque necesitaba ayuda con la cena. Quería que fuera muy especial, por mi hermano y por mí, porque mi hermano volvía a casa y yo cumplía años. Pero mi hermana solo quería comprarle un regalo a su novio. Estaba de un humor de perros. Se comportaba como esas chicas insoportables de las películas de los ochenta, y mi madre no paraba de decir "jovencita" al terminar cada frase.

Al final mi padre llamó y dijo que, debido a la nieve, el avión de mi hermano iba a llegar con mucho retraso. Yo solo oí la parte de mi madre de la discusión.

—Pero es la cena de cumpleaños de Charlie... No, no espero que hagas nada... ¿lo perdió? Solo estoy preguntando... No he dicho que sea culpa tuya... No... No puedo hacer que no se enfríe... estará seco... ¿qué?... Pero es su favorito... Bueno, ¿y qué les voy a dar de comer?... Claro que tienen hambre... Ya vienes una hora tarde... Bueno, podrías haber llamado...

No sé cuánto tiempo estuvo mi madre al teléfono porque no pude quedarme en la mesa a escuchar. Me fui a leer a mi habitación. De todas formas, ya se me había pasado el hambre. Solo quería estar en un sitio tranquilo. Después de un rato, mi madre entró en mi cuarto. Dijo que papá había vuelto a llamar y que estarían en casa en treinta minutos. Me preguntó si me pasaba algo, y supe que no se refería a mi hermana, y supe que no se refería a ella y a mi padre peleándose en el teléfono porque ese tipo de cosas pasan a veces. Mi madre había notado que llevaba todo el día muy triste, y no creía que fuera porque mis amigos se hubieran ido, porque el día anterior parecía estar bien cuando volví de montar en trineo.

—¿Es por tu tía Helen?

Fue su forma de decirlo lo que empezó a emocionarme.

—Por favor, no te hagas esto a ti mismo, Charlie.

Pero sí lo hice. Como hago siempre por mi cumpleaños.

—Lo siento.

Mi madre no me iba a dejar hablar del tema. Sabe que dejo de escuchar y empiezo a respirar muy rápidamente. Me tapó la boca y me limpió las lágrimas. Me calmé lo suficiente para ir al piso de abajo. Y me calmé lo suficiente como para alegrarme cuando mi hermano volvió a casa. Y cuando tomamos la cena, no estaba demasiado seca. Luego, fuimos afuera a poner luminarias, que es una actividad en la que todos nuestros vecinos llenan de arena bolsas de papel marrón y cubren con ellas el borde de la calle. Entonces clavamos una vela en la arena de cada bolsa y, cuando encendemos las velas, la calle se convierte en una "pista de aterrizaje" para Papá Noel. Me encanta poner luminarias todos los años porque es precioso, y una tradición, y me distrae bastante de que sea mi cumpleaños.

Mi familia me hizo regalos muy buenos. Mi hermana seguía todavía enojada conmigo, pero a pesar de todo me regaló un disco de The Smiths. Y mi hermano me dio un póster firmado por el equipo entero de futbol. Mi padre me regaló algunos discos que mi hermana le dijo que comprara. Y mi madre me regaló más libros que a ella le habían encantado cuando era joven. Uno de ellos era *El guardián entre el centeno*.

Empecé a leer el ejemplar de mi madre por donde lo había dejado en el de Bill. Y no me hizo pensar en mi cumpleaños. Lo único que pensé fue en que pronto voy a hacer el examen para sacar el permiso de conducir. Era algo muy bueno en lo cual pensar. Y entonces pensé en mis clases de manejo del semestre pasado.

Mr. Smith, que es bajito y huele raro, no nos dejaba a ninguno poner la radio mientras manejábamos. Había también dos de primero de prepa, un chico y una chica. Solían tocarse las piernas a escondidas en el asiento de atrás cuando era mi turno. Y luego, estaba yo. Ojalá tuviera un montón de anécdotas que contar sobre la clase de manejo. Claro, estaban esas películas sobre accidentes mortales en la autopista. Y también había oficiales de policía que venían a darnos charlas. Y es verdad que fue divertido conseguir mi permiso de conductor en prácticas, pero mis padres dijeron que no querían verme manejando hasta que no hubiera más remedio, por lo caro que es el seguro. Y sería incapaz de pedirle a Sam que me dejara manejar su camioneta. Simplemente, no podría.

Este tipo de cosas hicieron que me tranquilizara la noche de mi cumpleaños.

A la mañana siguiente, la Navidad empezó bien. A papá le gustó un montón su video de *M.A.S.H.*, lo que me hizo mucha ilusión, sobre todo porque contó su propia versión de aquella noche en que la vimos. Omitió la parte de cuando se fue a llorar, pero me guiñó un ojo para que supiera que se acordaba. Incluso el viaje de dos horas hasta Ohio no estuvo nada mal durante la primera media hora, aunque tuviera que sentarme encima del bulto del asiento trasero, porque mi padre no paraba de hacer preguntas sobre la universidad y mi hermano no paraba de hablar. Está saliendo con una de esas porristas que hacen volteretas en el aire durante los partidos de futbol. Se llama Kelly. Mi padre estaba muy interesado en el tema. Mi hermana hizo algún comentario sobre lo estúpido y machista que es ser porrista, y mi hermano le dijo que cerrara la boca. Kelly se estaba especializando en Filosofía. Le pregunté a mi hermano si Kelly tenía una belleza poco convencional.

—No, tiene belleza de vieja buena.

Y mi hermana empezó a hablar de que el aspecto de una mujer no es lo más importante. Yo estaba de acuerdo con ella, pero entonces mi hermano empezó a decir que mi hermana no era más que un "tortillera mala onda". Entonces, mi madre le dijo a mi hermano que no utilizara ese vocabulario delante de mí, lo que fue raro, teniendo en cuenta que probablemente yo sea el único de la familia que tiene un amigo gay. Quizá no, pero sí soy el que habla de ello. No estoy seguro. Independientemente, mi padre preguntó cómo se habían conocido mi hermano y Kelly.

Mi hermano y Kelly se habían conocido en un restaurante llamado Ye Olde College Inn o algo así, en Penn State. Al parecer, tienen un famoso postre llamado *grilled stickies*. Bueno, pues Kelly estaba con sus compañeras de hermandad, y ya se iban, cuando a Kelly se le cayó su libro justo delante de mi hermano y siguió caminando. Mi hermano dijo que aunque Kelly lo niega, está seguro de que dejó caer el libro a propósito. Las hojas de los árboles estaban en esplendor cuando la alcanzó, enfrente de una sala de juegos. Al menos, así es cómo nos lo contó. Pasaron el resto de la tarde jugando videojuegos antiguos como Donkey Kong y sintiendo nostalgia, descripción que me pareció triste y dulce a la vez. Le pregunté a mi hermano si Kelly bebía chocolate.

—¿Estás pacheco?

Y de nuevo mi madre le pidió a mi hermano que no usara ese vocabulario delante de mí, y otra vez resultó extraño porque creo que soy la única persona de la familia que ha estado pacheco alguna vez. Quizá también mi hermano. No estoy seguro. Lo que está claro es que mi hermana no. Aunque pensándolo bien, quizá toda mi familia ha pachequeado, pero no le contamos esas cosas a los demás.

Mi hermana pasó los diez minutos siguientes criticando el sistema griego de las hermandades universitarias. Estuvo contando historias de "novatadas" y de chicos que incluso habían muerto. Después contó que había oído que cierta hermandad femenina hacía que las nuevas se pusieran de pie en ropa interior mientras con un rotulador de color rojo iban enmarcando en círculos su "grasa". Cuando llegó a este punto mi hermano ya estaba harto de mi hermana.

—¡Pendejadas!

Todavía no puedo creer que mi hermano dijera eso en el coche y que ni mi padre ni mi madre dijeran nada. Supongo que como ahora está en la universidad no pasa nada. A mi hermana le dio igual la palabrota. Continuó insistiendo.

—No son pendejadas. Lo oí.

—¡Cuidado con esa boca, jovencita! —dijo mi padre desde el asiento delantero.

—¿Ah, sí? ¿Dónde lo oíste? —preguntó mi hermano.

—Lo oí en la National Public Radio —dijo mi hermana.

—¡Ay, Dios mío! —mi hermano tiene una risa muy fuerte.

—Pues sí, lo oí.

Mis padres parecían estar viendo un partido de tenis a través del parabrisas, porque no paraban de sacudir la cabeza de un lado a otro. No dijeron nada. No volvieron la vista. Sin embargo, debería señalar que mi padre empezó a subir lentamente el volumen de la música navideña de la radio hasta que fue ensordecedora.

—No dices más que idioteces y mentiras. Además, ¿cómo ibas a saber tú algo, de todas formas? No has estado en la universidad. Kelly no tuvo que pasar por nada parecido.

—Ya, claro... Seguro te lo iba a contar.

—Sí... Lo haría. No tenemos secretos.

—Oh, eres un chico tan sensible y moderno...

Quería que dejaran de pelearse porque me estaba empezando a enfadar, así que le hice otra pregunta a mi hermano.

—¿Hablan de libros y de temas intelectuales?

—Gracias por preguntar, Charlie. Sí. La verdad es que sí lo hacemos. El libro favorito de Kelly resulta que es *Walden,* de Henry David Thoreau. Y resulta que Kelly ha dicho que el movimiento trascendentalista sigue siendo relevante hoy en día.

—Ohhh. Esas son palabras mayores... —mi hermana sabe poner los ojos en blanco mejor que nadie.

—Disculpa, ¿alguien hablaba contigo? Estaba hablando con mi hermano pequeño sobre mi novia. Kelly dice que espera que un buen candidato demócrata desafíe a George Bush. Kelly dice que, si eso ocurre, espera que por fin aprueben la reforma educativa. Así es. La reforma educativa de la que siempre estás parloteando. Hasta las porrista piensan en esas cosas. Y además, son capaces de pasársela bien mientras tanto.

Mi hermana se cruzó de brazos y empezó a silbar. Pero mi hermano estaba demasiado acelerado como para detenerse. Me di cuenta de que el cuello de mi padre se estaba poniendo muy rojo.

—Pero hay otra diferencia entre tú y ella. Ya ves... Kelly cree tanto en los derechos de las mujeres que nunca permitiría que un hombre le levantara la mano. Creo que no puedo decir lo mismo de ti.

Juro por Dios que casi nos matamos. Mi padre pisó el freno con tanta fuerza que mi hermano casi salió despedido del asiento. Cuando el olor de las llantas empezó a desaparecer, mi padre respiró hondo y se dio la vuelta. Primero se volvió hacia mi hermano. No dijo ni una palabra. Solo lo miró fijamente.

Mi hermano miró a mi padre como un ciervo acorralado por mis primos. Después de dos largos segundos, mi hermano se volvió hacia mi hermana. Creo que de verdad lo lamentaba, por como le salieron las palabras.

—Lo siento, ¿De acuerdo? En serio. Vamos. Deja de llorar.

Mi hermana estaba llorando tan desconsoladamente que daba miedo. Entonces mi padre volteó hacia mi hermana. De nuevo, no dijo ni una palabra. Solo chasqueó los dedos para distraerla de su llanto. Ella lo miró. Se desconcertó al principio porque la mirada de papá no era reconfortante. Pero entonces bajó la vista, se encogió de hombros y volteó hacia mi hermano.

—Siento lo que dije sobre Kelly. Parece linda.

Entonces, mi padre volteó hacia mi madre. Y mi madre volteó hacia nosotros.

—Su padre y yo no queremos más peleas. Y menos en la casa familiar. ¿Entendido?

Mis padres a veces hacen un verdadero equipo. Es increíble de contemplar. Mis dos hermanos asintieron y bajaron la mirada. Después, mi padre volteó hacia mí.

—¿Charlie?

—¿Sí, señor?

Es importante decir "señor" en esos momentos. Y si alguna vez te llaman por tu nombre y apellidos, más vale que andes con cuidado. Hazme caso.

—Charlie, me gustaría que manejaras tú el resto del camino hasta la casa de mi madre.

Todo el mundo en el coche sabía que aquella probablemente era la peor idea que mi padre había tenido en toda su vida. Pero nadie lo discutió. Salió del coche en medio de la carretera. Se sentó en el asiento de atrás entre mis hermanos. Yo me subí al asiento delantero, pisé el acelerador dos veces y me puse el cinturón de seguridad. Conduje el resto del camino. No he sudado tanto desde que hacía deporte, y eso que hacía frío.

La familia de mi padre es un poco como la de mi madre. Mi hermano dijo una vez que parecían los mismos primos con diferentes nombres. La gran diferencia es mi abuela. La quiero mucho. Todo el mundo quiere a mi abuela. Nos estaba esperando en el camino de la entrada, como siempre. Siempre sabía cuando alguien llegaba.

—¿Está manejando Charlie?

—Ayer cumplió dieciséis años.

—Oh.

Mi abuela es muy vieja, y no recuerda mucho las cosas, pero hace las galletas más deliciosas del mundo. Cuando yo era pequeño teníamos a la madre de mi madre, que siempre tenía caramelos, y a la madre de mi padre, que siempre tenía galletas. Mi madre me dijo que cuando yo era pequeño las llamaba "Abuela Caramelo" y "Abuela Galleta". También llamaba a la corteza que bordea la pizza "los huesos de la pizza". No sé por qué te cuento esto.

Como mi primer recuerdo de todos, que supongo que es la primera vez que fui consciente de que estaba vivo. Mi madre y mi tía Helen me llevaron al zoológico. Creo que tenía tres años. No recuerdo esa parte. Como sea, estábamos viendo dos vacas. Una vaca madre y su ternerito. Y no tenían mucho espacio para pasear. Bueno, pues el ternerito estaba caminando justo debajo de su madre y la mamá vaca se "echó un *cake*" en la cabeza del ternero. Me pareció lo más gracioso que había visto en el mundo, y me estuve riendo de aquello durante tres horas. Al principio, mi madre y la tía Helen se rieron un poco, también, porque se alegraban de que yo me riera. Al parecer, yo no hablaba prácticamente nada cuando era pequeño, y cada vez que me comportaba de forma normal les daba alegría. Pero cuando ya llevaba tres horas, estuvieron intentando hacer que parara, aunque con ello solo consiguieron hacerme reír más. No creo que fueran realmente tres horas, pero parecía que había pasado mucho tiempo. Todavía sigo pensando en eso de vez en cuando. Parece un principio bastante "prometedor".

Después de los abrazos y los apretones de manos, entramos en la casa de mi abuela, y todo el lado paterno de la familia estaba allí. El tío abuelo Phil con su dentadura postiza y mi tía Rebecca, que es la hermana de mi padre. Mamá nos dijo que la tía Rebecca se acababa de divorciar otra vez, así que mejor que no mencionáramos nada. Yo solo pensaba en las galletas, pero la abuela no las había hecho este año porque tenía mal la cadera.

Así que todos nos sentamos y vimos la televisión, y mis primos y mi hermano hablaron de futbol. Y mi tío abuelo Phil bebió. Y nos comimos la cena. Y tuve que sentarme en la mesa de los niños porque hay más primos en la familia de mi padre.

Los niños pequeños hablan de las cosas más raras. De verdad.

Después de cenar fue cuando vimos *¡Qué bello es vivir!,* y yo empecé a ponerme cada vez más triste. Mientras subía las escaleras hacia la antigua habitación de mi padre y veía las fotografías antiguas, empecé a pensar que hubo un tiempo en el que no eran recuerdos. Que alguien hizo realmente la fotografía, y la gente de la fotografía acababa de comer o algo así.

El primer marido de mi abuela murió en Corea. Mi padre y mi tía Rebecca eran muy pequeños. Y mi abuela se mudó con sus dos hijos a vivir con su hermano, mi tío abuelo Phil.

Al final, unos años después, mi abuela estaba muy triste porque tenía dos hijos pequeños y estaba cansada de servir mesas todo el rato. Entonces, un día estaba trabajando en la cafetería donde trabajaba y un camionero le pidió una cita. Mi abuela era muy, muy guapa, al estilo de las viejas fotografías. Salieron juntos durante un tiempo. Y al final se casaron. Resultó ser una persona terrible. Le pegaba a mi padre todo el tiempo. Y le pegaba a mi tía Rebecca todo el tiempo. Y le pegaba muchísimo a mi abuela. Todo el tiempo. Y mi abuela no podía hacer nada al respecto, supongo, porque esto siguió así durante siete años.

Por fin acabó cuando mi tío abuelo Phil vio los moretones de mi tía Rebecca y por fin le sacó la verdad a mi abuela. Entonces, se reunió con unos cuantos amigos de la fábrica. Y buscaron al segundo marido de mi abuela en un bar. Y le dieron una paliza tremenda. A mi tío abuelo Phil le encanta contar la historia cuando mi abuela no está cerca. La historia siempre cambia, pero lo principal sigue siendo igual. El tipo murió cuatro días después en el hospital.

Todavía no sé cómo el tío Phil se libró de la cárcel por hacer lo que hizo. Se lo pregunté una vez a mi padre, y dijo que la gente del vecindario entendía que algunas cosas no tenían nada que ver con la policía. Dijo que si alguien tocaba a tu hermana o a tu madre, tendría que pagar por ello, y todo el mundo haría la vista gorda.

Es una lástima que aquello durara siete años, porque mi tía Rebecca sufrió la misma clase de maridos. En cambio, su experiencia fue distinta porque los vecindarios cambian. Mi tío abuelo Phil era demasiado viejo, y mi padre había dejado su ciudad natal. Ella tuvo que conseguir órdenes de alejamiento.

Pienso en cómo serán en el futuro mis tres primos, los hijos de la tía Rebecca. Una chica y dos chicos. Me da pena, también, porque creo que la chica probablemente acabe como mi tía Rebecca, y uno de los chicos probablemente acabe como su padre. El otro puede acabar como mi padre, porque es bueno con los deportes y tiene un padre distinto del de sus hermanos. Mi padre habla mucho con él, y le enseña cómo lanzar y batear una pelota de beisbol. Yo solía ponerme celoso cuando era pequeño, pero ya no lo hago. Porque mi hermano dijo que mi primo es el único de su familia que tiene una oportunidad. Necesita a mi padre. Supongo que ahora lo comprendo.

La antigua habitación de mi padre está prácticamente como la dejó, aunque más descolorida. En un escritorio hay un globo terráqueo que ha dado muchas vueltas. Y viejos pósters de jugadores de beisbol. Y viejos recortes de prensa de cuando mi padre ganó el gran partido estando en primero de prepa.

No sé por qué, pero entiendo perfectamente por qué mi padre tuvo que salirse de esta casa. Cuando supo que mi abuela nunca encontraría otro hombre porque había dejado de confiar en los demás, y que nunca buscaría otra cosa porque no sabía cómo hacerlo. Y cuando vio que su hermana empezaba a traer a casa versiones más jóvenes de su padrastro como novios. Simplemente, no podía quedarse.

Me tiré en su antigua cama y miré por la ventana al árbol que probablemente fuera mucho más bajo cuando mi padre lo miraba. Y pude sentir lo que él sintió la noche en la que se dio cuenta de que si no se iba, no tendría una vida propia. Sería la vida de ellos. Por lo menos, así nos lo contó. Quizá por esa razón la familia de mi padre ve la misma película todos los años. Tiene bastante lógica. Tal vez debería mencionar que mi padre nunca llora al final.

No sé si mi abuela o la tía Rebecca llegarán a perdonar realmente a mi padre por haberlas dejado. Solo mi tío abuelo Phil lo entendió. Siempre es raro ver cómo cambia mi padre cuando está con su madre y su hermana. Se siente mal todo el rato, y su hermana y él siempre dan un paseo a solas. Una vez miré por la ventana y vi cómo mi padre le daba dinero.

Me pregunto lo que dice mi tía Rebecca en el coche de camino a casa. Me pregunto lo que piensan sus hijos. Me pregunto si hablan de nosotros. Me pregunto si ven a mi familia y se preguntan quién tiene una oportunidad. Apuesto a que sí.

Con mucho cariño,
Charlie

26 de diciembre de 1991

Querido amigo:

Estoy sentado ahora en mi cuarto después de las dos horas de carretera de vuelta a casa. Mis hermanos se portaron bien entre sí, así que no he tenido que manejar.

Normalmente, de camino a casa, visitamos la tumba de mi tía Helen. Es una especie de tradición. A mi hermano y a mi padre nunca se les antoja mucho ir, aunque no dicen nada por consideración a mi madre y a mí. Mi hermana es más o menos neutral, pero sensible a ciertas cosas.

Cada vez que vamos a la tumba de mi tía Helen, a mi madre y a mí nos gusta hablar de algún detalle genial de ella. Casi todos los años suele ser sobre cómo me dejaba quedarme levantado para ver *Saturday Night Live*. Y mi madre sonríe porque sabe que si ella hubiera sido una niña, habría querido quedarse levantada y verlo también.

Ambos le ponemos flores y a veces una tarjeta. Solo queremos que sepa que la echamos de menos, y que pensamos en ella, y que era especial. No lo escuchó demasiado cuando estaba viva, dice siempre mi madre. E igual que mi padre, creo que mi madre también se siente culpable. Tan culpable que en vez de darle dinero le dio un hogar donde pudiera quedarse.

Quiero que sepas por qué mi madre se sentía culpable. Debería contarte por qué, pero en realidad no sé si debería. Tengo que hablarlo con alguien. Nadie en mi familia hablará nunca del tema. Es algo de lo que, sencillamente, no hablan. Me refiero a

113

aquella cosa mala que le pasó a la tía Helen que no me contaban cuando era pequeño.

Cada vez que llega la Navidad es en lo único en lo que puedo pensar... en el fondo. Es la única cosa que me pone profundamente triste.

No diré quién. No diré cuándo. Solo diré que alguien abusaba de mi tía Helen. Odio esa palabra. Lo hizo una persona muy cercana a ella. No era su padre. Ella al final se lo dijo a su padre. Este no le creyó por ser quién era la persona. Un amigo de la familia. Eso lo empeoró todo. Mi abuela tampoco dijo nunca nada. Y el hombre siguió viniendo de visita.

Mi tía Helen bebía mucho. Mi tía Helen tomaba muchas drogas. Mi tía Helen tuvo muchos problemas con hombres y con chicos. Fue una persona muy infeliz la mayoría de su vida. Iba mucho a los hospitales. A todo tipo de hospitales. Por fin, fue a un hospital que la ayudó a comprender las cosas lo suficiente como para volver a la normalidad, así que se mudó con mi familia. Empezó a asistir a clases para conseguir un buen trabajo. Le dijo a su último mal hombre que la dejara en paz. Empezó a perder peso sin ponerse a dieta. Cuidó de nosotros, para que mis padres pudieran salir y beber y jugar juegos de mesa. Nos dejaba quedarnos levantados hasta tarde. Era la única persona aparte de mis padres y mis hermanos que me compraba dos regalos. Uno por mi cumpleaños. Otro por Navidad. Incluso cuando se fue a vivir con mi familia y no tenía dinero. Siempre me compraba dos regalos. Siempre eran los mejores regalos.

El 24 de diciembre de 1983 un policía apareció en la puerta. Mi tía Helen había tenido un terrible accidente de coche. Nevaba mucho. El policía le dijo a mi madre que mi tía Helen había fallecido. Era un buen hombre, porque cuando mi madre empezó a llorar, le dijo que el accidente había sido muy grave y que mi tía Helen sin duda había muerto al instante. En otras palabras, sin sufrir. Había dejado de sufrir para siempre.

El policía le pidió a mi madre que lo acompañara a identificar el cuerpo. Mi padre estaba todavía en el trabajo. Fue entonces cuando yo me acerqué, junto con mis hermanos. Ese día cumplía siete años. Todos llevábamos sombreros de fiesta. Mi madre había hecho que mis hermanos se los pusieran. Mi hermana vio que mamá lloraba y le preguntó qué había pasado. Mi madre no pudo decir nada. El policía se agachó sobre una rodilla y nos contó lo que había ocurrido. Mis hermanos se pusieron a llorar. Pero yo no. Sabía que el policía se había equivocado.

Mi madre le pidió a mis hermanos que cuidaran de mí y se fue con el policía. Me parece que vimos la televisión. Creo que no me acuerdo realmente. Mi padre volvió a casa antes que mi madre.

—¿Qué son esas caras largas?

Se lo contamos. No lloró. Nos preguntó si estábamos bien. Mis hermanos dijeron que no. Yo dije que sí. El policía se equivocó. Está nevando mucho. Probablemente no lo vio bien. Mi madre llegó a casa. Estaba llorando. Miró a mi padre y asintió con la cabeza. Mi padre la abrazó. Fue entonces cuando comprendí que el policía no se había equivocado.

En realidad, no sé qué pasó después, y tampoco he preguntado. Solo recuerdo ir al hospital. Recuerdo estar sentado en una habitación con luces brillantes. Recuerdo a un médico que me hacía preguntas. Recuerdo que le dije que la tía Helen era la única que me abrazaba. Recuerdo ver a mi familia el día de Navidad en una sala de espera. Recuerdo que no me dejaron ir al funeral. Recuerdo que nunca me despedí de mi tía Helen.

No sé cuánto tiempo seguí yendo al médico. No recuerdo cuánto estuve sin ir al colegio. Fue mucho. Hasta ahí sé. Lo único que recuerdo es el día en que empecé a mejorar porque recordé la última cosa que me dijo mi tía Helen antes de irse a manejar por la nieve.

Se envolvió en un abrigo. Yo le di las llaves del coche porque siempre era el único que podía encontrarlas. Le pregunté a la tía Helen adónde iba. Me dijo que era un secreto. Yo me puse insistente, cosa que le encantaba. Le encantaba la forma en la que seguía haciéndole preguntas. Al final sacudió la cabeza, sonrió y susurró en mi oído:

—Voy a comprar tu regalo de cumpleaños.

Esa fue la última vez que la vi. Me gusta pensar que mi tía Helen ahora tendría ese buen trabajo para el que estaba estudiando. Me gusta pensar que habría conocido a un buen hombre. Me gusta pensar que habría perdido el peso que siempre quiso perder sin hacer dieta.

A pesar de todo lo que mi madre y el médico y mi padre me han dicho sobre echarme la culpa, no puedo dejar de pensar en lo que sé. Y sé que mi tía Helen todavía seguiría viva hoy si solo me hubiera comprado un regalo, como todos los demás. Seguiría viva si yo hubiera nacido un día que no hubiese nevado. Haría cualquier cosa para quitarme esta sensación. La echo tanto de menos. Ahora tengo que parar de escribir porque estoy demasiado triste.

Con mucho cariño,
Charlie

—

30 de diciembre de 1991

Querido amigo:

El día después de escribirte terminé *El guardián entre el centeno*. Desde entonces lo he leído tres veces. La verdad es que no sé qué otra cosa hacer. Sam y Patrick por fin vuelven a casa esta noche, pero no podré verlos. Patrick va a quedar con Brad en alguna parte. Sam va a quedar con Craig. Los veré a ambos mañana en el Big Boy y después en la fiesta de Nochevieja de Bob.

Lo más emocionante es que voy a ir manejando solo hasta el Big Boy. Mi padre me dijo que no podría manejar hasta que se arreglara el clima, y finalmente mejoró un poco ayer. He grabado un *mixtape* para la ocasión. Se llama "Mi primera vez al volante". A lo mejor estoy siendo demasiado sentimental, pero quiero pensar que, cuando sea viejo, podré mirar todas estas cintas y recordar esos paseos en coche.

La primera vez que manejé solo ha sido para ver a mi tía Helen. Es la primera vez que voy a verla sin que fuera conmigo ni siquiera mi madre. Hice que fuera muy especial. Le compré flores con el dinero que me dieron por Navidad. Incluso le hice un *mixtape* y lo dejé en la tumba. Espero que no creas que soy raro por eso.

Le conté a mi tía Helen todo sobre mi vida. Sobre Sam y Patrick. Sobre sus amigos. Sobre mi primera fiesta de Nochevieja mañana. Le conté que mi hermano jugará su último partido de la temporada el día de Año Nuevo. Le conté que mi hermano se ha ido y cómo lloró mi madre. Le hablé sobre los libros que he leído. Le hablé de la canción *Asleep*. Le conté cuando todos nos sentimos infinitos. Le hablé de cuando conseguí mi permiso de conducir. Cómo mi madre me llevó en coche hasta allí. Y cómo yo manejé de vuelta. Y cómo el policía que me examinó no tenía pinta rara y ni siquiera tenía un nombre raro, lo que me pareció un timo.

Recuerdo que, cuando estaba a punto de despedirme de la tía Helen, me eché a llorar. Uno de esos llantos auténticos, además. No un llanto de pánico, cosa que hago a menudo. Y le prometí a la tía Helen que lloraría solo por cosas importantes, porque odiaría pensar que llorar con tanta frecuencia hiciera de menos el llanto por la tía Helen.

Después le dije adiós y manejé de vuelta a casa.

Leí otra vez el libro esa noche porque sabía que si no lo hacía, probablemente me echaría a llorar otra vez. De pánico, me refiero. Leí hasta que quedé completamente agotado y tuve que dormir. Por la mañana, terminé el libro e inmediatamente después empecé a leerlo otra vez. Cualquier cosa con tal de que se me fueran las ganas de llorar. Porque se lo había prometido a la tía Helen. Y porque no quiero empezar a pensar otra vez. No de la forma en que lo he hecho esta semana. No puedo volver a pensar. Nunca más.

No sé si alguna vez has sentido algo así. Que querrías dormir durante mil años. O simplemente no existir. O no ser consciente de que existes. O algo parecido. Creo que querer eso es muy morboso, pero yo lo deseo cuando me pongo así. Por eso estoy intentando no pensar. Solo quiero que todo deje de dar vueltas. Si esto empeora, tendría que volver al médico. Las cosas se están poniendo feas otra vez.

Con mucho cariño,
Charlie

1 de enero de 1992

Querido amigo:

Son ahora las cuatro de la madrugada, que es ya el año nuevo aunque sea todavía 31 de diciembre, es decir, hasta que la gente se duerma. No puedo dormir. Todos los demás están o durmiendo o acostándose con alguien. Yo he estado mirando la televisión por cable y comiendo gelatina. Y viendo cómo se mueven las cosas. Quería hablarte de Sam y Patrick y Craig y Brad y Bob y todos, pero ahora mismo no me acuerdo qué quería contar.

Afuera está tranquilo. Eso sí lo sé. Y antes manejé hasta el Big Boy. Y vi a Sam y Patrick. Y estaban con Brad y Craig. Y me puso muy triste porque quería estar solo con ellos. Esto no había pasado antes.

Las cosas se pusieron peor hace una hora, y me quedé mirando un árbol aunque era un dragón y luego un árbol, y recordé

119

aquel bonito día en el que hizo un clima precioso cuando formé parte del aire. Y recordé que aquel día había cortado el pasto para ganarme la paga, como ahora me gano la paga quitando la nieve del camino de entrada. Así que empecé a quitar paletadas de nieve de la entrada de la casa de Bob, que es algo bastante odioso en una fiesta de Nochevieja.

Las mejillas se me pusieron rojas de frío, igual que la cara de Mr. Z. cuando bebe y sus zapatos negros y su voz diciendo que cuando una oruga entra en el capullo, sufre tormento, y cómo se tarda siete años en digerir un chicle. Y Mark, el chico de la fiesta que me dio esto, salió de la nada y levantó la vista al cielo y me dijo que mirara las estrellas. Así que miré hacia arriba y estábamos bajo una cúpula gigante como una bola de cristal con nieve, y Mark dijo que aquellas increíbles estrellas blancas en realidad eran solo agujeros en el cristal negro de la cúpula, y que cuando ibas al cielo, el cristal se rompía, y lo único que había era un manto blanco de estrellas, que es más brillante que nada pero no te hace daño en los ojos. Era un espacio vasto y abierto y de un silencio frágil, y me sentí muy pequeño.

A veces miro afuera y pienso que un montón de gente ha visto antes esta misma nieve. Igual que pienso que un montón de gente ha leído antes mis mismos libros. Y escuchado las mismas canciones.

Me pregunto cómo se sienten esta noche.

No sé bien lo que estoy diciendo. Probablemente no debería escribir porque sigo viendo cómo se mueven las cosas. Quiero que dejen de moverse, pero no lo van a hacer durante unas cuantas horas. Es lo que dijo Bob antes de que se fuera a su dormitorio con Jill, una chica que no conozco.

Supongo que lo que estoy diciendo es que todo esto resulta muy familiar. Pero no familiar para mí. Solo sé que otro chico ha sentido esto. El momento en que afuera todo está tranquilo y ves cómo se mueven las cosas, y no quieres, y todo el mundo está dormido. Y todos los libros que has leído los ha leído también otra gente. Y todas las canciones que te han encantado las ha oído otra gente. Y esa chica que te parece guapa es guapa también para otra gente. Y sabes que si hubieras tenido esto en cuenta cuando eras feliz, te habrías sentido genial porque estás describiendo la "unidad".

Es como cuando estás loco por una chica y ves a una pareja de la mano, y te alegras mucho por ellos. Y otras veces ves a la misma pareja y te saca de quicio. Y te gustaría alegrarte siempre por ellos, porque sabes que si lo haces, significa que tú también eres feliz.

Acabo de recordar lo que me hizo pensar en todo esto. Voy a escribirlo porque a lo mejor si lo hago ya no tengo que pensar en ello. Y no me alteraré. Pero el caso es que puedo oír a Sam y a Craig haciéndolo y, por primera vez en mi vida, entiendo el final de ese poema.

Y nunca quise entenderlo. Tienes que creerme.

Con mucho cariño,
Charlie

PARTE
3

4 de enero de 1992

Querido amigo:

Te pido perdón por mi última carta. Para ser sincero, no la recuerdo muy bien, pero por como me desperté sé que no debió de ser muy agradable. Lo único que recuerdo del resto de aquella noche fue que busqué por toda la casa un sobre y un sello. Cuando por fin los encontré, escribí tu dirección y bajé la colina pasando los árboles hasta la oficina de correos, porque sabía que si no la ponía en un buzón del que no pudiera recuperarla, nunca enviaría la carta.

Es extraño lo importante que me parecía en ese momento.

En cuanto llegué a la oficina de correos eché la carta al buzón. Y ya no había vuelta atrás. Y me tranquilicé. Entonces, empecé a vomitar, y no paré de vomitar hasta que salió el sol. Miré la carretera y vi un montón de coches, y supe que todos iban a la casa de sus abuelos. Y supe que muchos de ellos verían a mi hermano jugar futbol más tarde ese mismo día. Y mi mente jugó rayuela.

Mi hermano... futbol... Brad... Dave y su novia en mi habitación... los abrigos... el frío... el invierno... "Hojas de otoño"... no se lo digas a nadie... eres un pervertido... Sam y Craig... Sam... Navidad... máquina de escribir... regalo... Tía Helen... y los árboles seguían moviéndose... no paraban de moverse... así que me tiré en el suelo e hice un ángel de nieve con mi huella.

Los policías me encontraron de color azul pálido y dormido.

No dejé de tiritar de frío hasta mucho después de que mis padres me recogieran en urgencias y me llevaran a casa. No le echaron la culpa a nadie porque solía pasarme este tipo de cosas cuando era un niño y me trataban los médicos. Simplemente me perdía y me quedaba dormido en cualquier parte. Todos sabían que había ido a una fiesta, pero nadie, ni siquiera mi hermana, pensó que fuera por eso. Y yo mantuve la boca cerrada, porque no quería que Sam ni Patrick ni Bob ni nadie tuviera problemas. Pero sobre todo, no quería ver la cara de mi madre y menos la de mi padre si oían la verdad.

Así que no dije nada.

Me quedé callado y miré alrededor. Y me di cuenta de cosas. De los puntos del techo. O de lo áspera que era la manta que me dieron. O de cómo la cara del médico parecía de goma. O de cómo todo se convirtió en un susurro ensordecedor cuando dijo que quizá debería volver al psiquiatra. Era la primera vez que un médico les decía eso a mis padres conmigo en la habitación. Y su bata era muy blanca. Y yo estaba muy cansado.

En lo único que pude pensar durante todo el día fue en que nos perdimos el partido de futbol de mi hermano por mi culpa, y que ojalá que a mi hermana se le hubiera ocurrido grabarlo.

Afortunadamente, lo hizo.

Volvimos a casa y mi madre me hizo un té, y mi padre me preguntó si quería sentarme a ver el partido, y dije que sí. Vimos a mi hermano hacer grandes jugadas, pero esta vez nadie las aplaudió de verdad. Todas las miradas estaban disimuladamente puestas en mí. Y mi madre hizo un montón de comentarios alentadores sobre lo bien que iba este curso y que a lo mejor el médico me ayudaría a arreglar las cosas. Mi madre puede estar callada y hablar al mismo tiempo cuando está siendo optimista. Mi padre no paró de darme "toques cariñosos". Los toques cariñosos son puñetazos de ánimo suaves que se aplican en la rodilla, el hombro y el brazo. Mi hermana dijo que ella podía ayudar a arreglarme el pelo. Era raro que me estuvieran prestando tanta atención.

—¿Qué quieres decir? ¿Qué le pasa a mi pelo?

Mi hermana miró a su alrededor, incómoda. Yo me llevé las manos al pelo y me di cuenta de que había desaparecido gran parte. Verdaderamente no recuerdo cuándo lo hice, pero por su aspecto, debí de haber agarrado unas tijeras y empezado a cortarlo sin seguir ninguna estrategia. Había trasquilones por todas partes. Era una carnicería. No me había visto en el espejo en la fiesta durante mucho rato porque mi cara estaba distinta y me asustaba. Si no, me habría dado cuenta.

Mi hermana me ayudó a recortarlo un poco, y tuve suerte porque a todos en la prepa, incluidos Sam y Patrick, les pareció que rifaba.

"Chic", fue lo que dijo Patrick.

A pesar de todo, decidí no volver a tomar LSD.

Con mucho cariño,
Charlie

127

14 de enero de 1992

Querido amigo:

Me siento como un gran farsante porque he estado recomponiendo mi vida sin que nadie lo sepa. Es difícil sentarme en mi habitación y leer, como he hecho siempre. Es difícil hasta hablar con mi hermano por teléfono. Su equipo acabó tercero a nivel nacional. Nadie le dijo que nos perdimos el partido en directo por mi culpa.

Fui a la biblioteca y saqué un libro porque me estaba empezando a asustar. De vez en cuando las cosas empezaban a moverse otra vez, y los sonidos se volvían graves y huecos. Y no podía hacer una frase completa. El libro decía que a veces la gente toma LSD y no acaba de salir de la experiencia. Decía que aumentaba cierto tipo de transmisor cerebral. Decía que fundamentalmente la droga provoca doce horas de esquizofrenia, y si tú ya tienes bastante de este tipo de transmisor cerebral, no te la quitas de encima.

Se me empezó a acelerar la respiración en la biblioteca. Era terrible, porque me acordaba de algunos de los niños esquizofrénicos del hospital cuando era pequeño. Y no ayudó a mejorar las cosas el que ese fue el día después de que me diera cuenta de que todos los chicos llevaban puesta la ropa nueva que les habían regalado por Navidad, así que decidí llevar a la prepa el traje nuevo de Patrick, y me estuvieron molestando despiadadamente durante nueve horas seguidas. Fue un día malísimo. Me salté por primera vez una clase y fui a encontrarme con Sam y Patrick afuera.

—Qué distinguido, Charlie —dijo Patrick sonriendo.

—¿Puedo pedirte un cigarro? —dije. No pude decir "gorronearte un tabaco". No siendo mi primer cigarro. Simplemente, no pude.

—Claro —dijo Patrick.

Sam lo detuvo.

—¿Qué te pasa, Charlie?

Les conté lo que me pasaba, lo que movió a Patrick a preguntarme insistentemente si había tenido un "mal viaje".

—No. No. No es eso —me estaba empezando a enojar de verdad.

Sam me rodeó los hombros con el brazo y dijo que sabía lo que me pasaba. Me dijo que no debía preocuparme. Que una vez que lo haces, recuerdas cómo te parecían las cosas. Nada más. Por ejemplo, cómo la carretera se llenaba de olas. Y cómo tu cara era de plástico y tus ojos tenían distinto tamaño. Está todo en tu mente.

Entonces fue cuando me dio el cigarro.

Cuando lo encendí, no tosí. La verdad es que me pareció relajante. Sé que es malo, hablando en términos de la clase de Salud, pero era cierto.

—Ahora, concéntrate en el humo —dijo Sam.

Y me concentré en el humo.

—Ok, parece normal, ¿verdad?

—Ajá —creo que dije.

—Ahora mira al cemento del patio. ¿Se está moviendo?

—Ajá.

—Ok... Ahora fíjate en el pedazo de papel que está justo ahí en el suelo.

Y me concentré en el pedazo de papel que estaba en el suelo.

—¿Se está moviendo el cemento ahora?

—No. No lo hace.

Desde "ahí lo tienes" hasta "se te va a pasar", hasta "probablemente no deberías volver a tomar ácido", Sam pasó a explicar lo que llamó "el trance". El trance ocurre cuando no te concentras en nada, y todo el panorama te absorbe y se mueve a tu alrededor. Dijo que normalmente era metafórico, pero para la gente que no debería volver a tomar ácido era literal.

Ahí fue cuando empecé a reírme. Me sentí aliviadísimo. Y Sam y Patrick sonrieron. Me alegré de que ellos también empezaran a sonreír, porque no podía soportar sus caras de preocupación.

En general, las cosas han dejado de moverse desde entonces. No me he vuelto a saltar otra clase. Y supongo que ahora no me siento como un gran farsante por intentar recomponer mi vida. A Bill, mi redacción sobre *El guardián entre el centeno* (¡que escribí en mi nueva máquina de escribir antigua!) le pareció la mejor hasta ahora. Dijo que estoy "progresando" a gran velocidad y me dio otro tipo de libro como "recompensa". Es *En el camino,* de Jack Kerouac.

Ahora fumo hasta diez cigarros al día.

Con mucho cariño,
Charlie

25 de enero de 1992

Querido amigo:

¡Me siento genial! Lo digo en serio. Tengo que acordarme de esto la próxima vez que tenga una semana horrible. ¿Alguna vez te ha pasado? Que te sientes fatal, y después se te pasa, y no sabes por qué. Intento recordarme a mí mismo cuando me siento así de bien que llegará algún día otra semana horrible, así que debería almacenar el mayor número posible de detalles buenos para, durante la próxima semana horrible, poder recordar esos detalles y creer que me volveré a sentir bien de nuevo. No funciona demasiado, pero me parece importante intentarlo.

Mi psiquiatra es un hombre muy agradable. Es mucho mejor que mi anterior psiquiatra. Hablamos de las cosas que siento y pienso y recuerdo. Como cuando era pequeño y una vez me eché a caminar por la calle en mi barrio. Estaba completamente desnudo, y llevaba un paraguas azul brillante, aunque no estaba lloviendo. Y me puse muy contento porque aquello hizo sonreír a mi madre. Y ella rara vez sonreía. Así que sacó una foto. Y los vecinos se quejaron.

En otra ocasión, vi el tráiler de una película sobre un hombre acusado de asesinato, pero él no había cometido el crimen. El actor de la película era uno de los que salía en *M.A.S.H.* Probablemente por eso lo recuerdo. El tráiler decía que toda la película trataba de él intentando demostrar que era inocente y de cómo podía ir a la cárcel de todas formas. Aquello me asustó mucho. Me asustó cuánto me asustó. Que te castiguen por algo que no hiciste. O ser una víctima inocente. Es algo que no quiero experimentar nunca.

No sé si es importante que te cuente todo esto, pero, en su momento, me pareció que era dar "un paso adelante".

Lo mejor de mi psiquiatra es que tiene revistas de música en su sala de espera. Leí un artículo sobre Nirvana en una visita, y no hacía referencia a la salsa de miel y mostaza ni a la lechuga. Sin embargo, hablaban de los problemas de estómago del cantante todo el rato. Era extraño.

Como te conté, a Sam y Patrick les encanta su gran *hit*, así que pensé en leerlo para tener algo de qué hablar con ellos. Al final, la revista lo comparaba con John Lennon, de los Beatles. Se lo conté a Sam más tarde y se enojó mucho. Dijo que si tenía que parecerse a alguien, sería a Jim Morrison, pero que él no se parecía a nadie más que a sí mismo. Estábamos todos en el Big Boy después del *Rocky Horror,* y empezó una gran discusión.

Craig dijo que el problema es que todo el mundo siempre compara a todos con todos, y que eso le quita mérito a la gente, como ocurre en sus clases de fotografía.

Bob dijo que todo era porque nuestros padres no quieren abandonar su juventud, y se mueren de rabia cuando no pueden identificarse con algo.

Patrick dijo que el problema era que, como todo ya está hecho, es difícil abrir brecha. Nadie puede ser tan grande como los Beatles porque los Beatles ya le dieron un "contexto". La razón por la que fueron tan grandes es que no tuvieron a nadie con quien compararse, así que no había límites.

Sam añadió que si hoy en día una banda o alguien se comparaba con los Beatles después del segundo álbum, habría perdido su propia voz a partir de ese momento.

—¿Tú qué crees, Charlie?

No podía recordar dónde lo había oído o leído. Dije que quizá fuera de *A este lado del paraíso,* de F. Scott Fitzgerald. Hay un momento cerca del final del libro en el que al chico principal lo recoge en su coche un señor mayor que él. Ambos van juntos a un partido de futbol de la Ivy League de antiguos alumnos, y tuvieron este debate. El señor mayor es conservador. El chico está "hastiado".

Bueno, el caso es que tienen una discusión, y el chico es un idealista, temporalmente. Dice que pertenece a una "generación inquieta" y cosas así. Y dice algo parecido a "Este no es tiempo de héroes porque nadie lo permitirá". El libro pasa en los años veinte, lo que me pareció genial porque pensé que era el mismo tipo de conversación que podía darse en el Big Boy. Probablemente ya surgió con nuestros padres y abuelos. Probablemente estaba ocurriendo entre nosotros ahora.

Así que dije que pensaba que la revista estaba intentando convertirlo en un héroe, pero que después alguien podría sacar a la luz algo que le hiciera parecer menos que una persona. Y no entendía la razón, porque para mí él es solo un muchacho que escribe canciones que le gustan a un montón de gente, y me parecía que eso era suficiente para los implicados. Quizá me equivoque, pero todos en la mesa empezaron a hablar de ello.

Sam le echaba la culpa a la televisión. Patrick al gobierno. Craig culpaba a los "medios corporativos". Bob estaba en el baño.

No sé lo que pasó, y sé que en el fondo no llegamos a nada, pero fue genial estar allí sentado y hablar sobre el lugar que ocupamos en el mundo. Fue como cuando Bill me dijo que me "involucrara". Fui al baile de antiguos alumnos como te conté antes, pero esto era mucho más divertido. Y era divertido sobre todo pensar que había gente por todo el mundo que estaba teniendo conversaciones similares a su equivalente del Big Boy.

Se lo habría dicho al resto de la mesa, pero estaban divirtiéndose mucho siendo cínicos, y no quise estropeárselos. Así que me recliné un poco hacia atrás y contemplé a Sam, que estaba sentada junto a Craig, e intenté que eso no me deprimiera demasiado. Debo decir que sin mucho éxito. Pero en cierto momento, Craig estaba hablando de algo, y Sam volteó hacia mí y sonrió. Era una sonrisa de película en cámara lenta, y entonces todo se arregló.

Le conté esto a mi psiquiatra, pero dijo que era demasiado pronto para sacar conclusiones.

No sé. Simplemente he tenido un día genial. Espero que tú también.

Con mucho cariño,
Charlie

2 de febrero de 1992

Querido amigo:

En el camino era un libro muy bueno. Bill no me pidió que escriba una redacción sobre él porque, como te dije, fue "una recompensa". Sí me pidió que fuera a verlo a su despacho después de clase para hablar de él, cosa que hice. Preparó te, y me sentí como un adulto. Hasta me dejó fumarme un cigarro en su despacho, pero me insistió en que dejara de fumar por los riesgos que conlleva para la salud. Incluso tenía un folleto en su escritorio, que me regaló. Ahora lo utilizo como separador.

Pensaba que Bill y yo íbamos a hablar sobre el libro, pero acabamos hablando de "cosas". Fue genial tener tantas conversaciones seguidas. Bill me preguntó por Sam y Patrick y mis padres, y yo le hablé de mi permiso de conducir y la charla del Big Boy. También le hablé de mi psiquiatra. Pero no le hablé de la fiesta ni de mi hermana y su novio. Todavía se siguen viendo en secreto, lo que, según mi hermana, no hace más que "aumentar su pasión".

Cuando acabé de hablarle a Bill sobre mi vida, le pregunté por la suya. Fue agradable, también, porque no intentó ser chido e identificarse conmigo ni nada. Fue simplemente él mismo. Dijo que había sido estudiante en una universidad del Oeste que no da calificaciones, lo que me pareció peculiar, pero Bill dijo que fue la mejor educación que había tenido nunca. Dijo que me daría un folleto cuando llegara el momento.

Después de ir a la universidad de Brown para hacer una maestría, Bill viajó por Europa durante un tiempo y, cuando volvió a casa, se unió a Teach for America. Cuando acabe este año cree que va a mudarse a Nueva York y escribir obras de teatro. Supongo que todavía es bastante joven, aunque me pareció maleducado preguntarle. Lo que sí le pregunté es si tenía novia, y él dijo que no. Parecía triste cuando respondió, pero decidí no curiosear porque pensé que podría ser demasiado personal. Después, me dio mi siguiente libro para leer. Se llama *El almuerzo desnudo*.

Empecé a leerlo en cuanto llegué a casa y, si te digo la verdad, no sé de lo que habla este tipo. Nunca se lo confesaría a Bill. Sam me había dicho que William S. Burroughs escribió el libro bajo los efectos de la heroína, y que debería "dejarme llevar". Así que eso hice. Seguía sin tener ni idea de lo que estaba hablando, así que fui al piso de abajo a ver televisión con mi hermana.

Estaban transmitiendo *Gomer Pyle,* y mi hermana estaba muy callada y de mal humor. Intenté hablar con ella, pero me dijo que me callara y la dejara en paz. Así que vi la serie durante unos minutos, pero la entendí todavía menos que al libro, así que decidí hacer mi tarea de mate, lo que fue un error porque nunca he entendido las mate.

Estuve confuso todo el día.

Luego intenté ayudar a mi madre en la cocina, pero el guiso se me cayó al suelo, así que me dijo que me fuera a leer a mi cuarto hasta que mi padre volviera a casa, pero había sido la lectura la que había generado todo el desastre desde el primer momento. Afortunadamente, mi padre volvió antes de que pudiera retomar el libro otra vez, aunque me dijo que dejara de "colgarme de él como un chango" porque quería ver el partido de hockey. Vi el partido de hockey con él durante un rato, pero no pude dejar de hacerle preguntas sobre los países de los que son los jugadores, y él estaba "descansando los ojos", que quiere decir dormido, pero no quería que yo cambiara de canal. Así que me dijo que fuera a ver la tele con mi hermana, cosa que hice, pero ella me dijo que fuera a ayudar a mi madre en la cocina, cosa que hice, pero entonces ella me dijo que me fuera a leer a mi habitación. Cosa que hice.

He leído ya un tercio del libro, y hasta ahora es bastante bueno.

Con mucho cariño,
Charlie

—

8 de febrero de 1992

Querido amigo:

Tengo una cita para el baile de Sadie Hawkins. Por si no has tenido nunca uno de estos, es el baile en el que la chica invita al chico. En mi caso, la chica es Mary Elizabeth y el chico soy yo. ¡¿Lo puedes creer?!

Me parece que todo empezó cuando estaba ayudando a Mary Elizabeth a engrapar el último número de *Punk Rocky* el viernes antes de que fuéramos a *The Rocky Horror Picture Show*. Mary Elizabeth estuvo muy amable ese día. Dijo que era el mejor número que habíamos hecho por dos razones, y ambas eran gracias a mí.

Primera, era a color, y segunda, incluía el poema que le había regalado a Patrick.

La verdad es que era un número buenísimo. Creo que me lo parecerá incluso cuando sea mayor. Craig incorporó algunas de sus fotografías a color. Sam algunas noticias *"underground"* sobre ciertos grupos de música. Mary Elizabeth escribió un artículo sobre los candidatos demócratas. Bob incluyó una reimpresión de un panfleto pro-cannabis. Y Patrick hizo un falso cupón anunciando una "mamada" gratis para todo el que compre una Galleta Sonriente en el Big Boy. "¡Con algunas restricciones!"

No lo vas a creer, había incluso la fotografía de un desnudo (de Patrick, por la espalda, si lo puedes creer). Sam había hecho que Craig lo fotografiara. Mary Elizabeth les dijo a todos que mantuvieran en secreto que la fotografía era de Patrick, cosa que todo el mundo hizo, menos Patrick.

Durante toda la noche no paró de gritar "¡Presúmelo, nene! ¡Presúmelo!", que es su frase favorita de su película favorita, *Los productores.*

Mary Elizabeth me dijo que pensaba que Patrick le había pedido que pusiera la fotografía en la revista para que Brad pudiera tener una foto suya sin levantar sospechas, pero que Patrick no se lo iba a confesar. Brad compró un ejemplar sin mirarlo siquiera, así que quizá tuviera razón.

Cuando fui a *The Rocky Horror Picture Show* esa noche, Mary Elizabeth estaba muy enojada porque Craig no había aparecido. Nadie sabía por qué. Ni siquiera Sam. El problema era que no había nadie para reemplazar a Rocky, el robot musculoso (no estoy muy seguro de lo que es). Después de echar un vistazo a todos a su alrededor, Mary Elizabeth se volvió hacia mí.

—Charlie, ¿cuántas veces has visto el espectáculo?

—Diez.

—¿Crees que puedes representar a Rocky?

—Yo no estoy más mamado que un cuernito.

—No importa. ¿Puedes salir de él?

—Supongo que sí.

—¿Lo supones o lo sabes?

—Lo supongo.

—Me basta.

Lo siguiente que supe es que no llevaba nada puesto aparte de unas zapatillas y un traje de baño, que alguien había pintado de dorado. No sé cómo me pasan estas cosas a veces. Estaba muy nervioso, sobre todo porque en el espectáculo Rocky tiene que tocar a Janet por todo el cuerpo, y Sam salía de Janet. Patrick bromeaba con que iba a tener una "erección". Deseé con toda mi alma que no me pasara. Una vez tuve una erección en clase y me hicieron pasar al pizarrón. Fue un momento terrible. Y cuando mi mente agarró esa experiencia y le añadió un foco y el hecho de que solo llevaría un traje de baño, me entró el pánico. Casi no salí a actuar, pero entonces Sam me dijo que ella realmente quería que yo representara a Rocky, y supongo que eso era lo que de verdad necesitaba oír.

No entraré en detalles sobre el espectáculo entero, pero no me la he pasado mejor en mi vida. No bromeo. Tuve que fingir que cantaba, y tuve que bailar por el escenario, y tuve que llevar una "boa de plumas" en la apoteosis final, a lo que yo no le habría dado ninguna importancia porque es parte del espectáculo, pero Patrick no podía dejar de hablar de ello.

—¡Charlie con una boa de plumas! ¡Charlie con una boa de plumas! —era simplemente incapaz de parar de reír.

Pero la mejor parte fue la escena con Janet, donde tuvimos que tocarnos mutuamente. No fue la mejor parte porque conseguí tocar a Sam y que ella me tocara. Todo lo contrario. Sé que suena tonto, pero es verdad. Justo antes de la escena, pensé en Sam, y pensé que si la tocaba de esa manera en el escenario y lo hacía en serio, sería vulgar. Y aunque creo que algún día podría querer tocarla de esa manera, no querría nunca que fuera vulgar. No quiero que seamos Rocky y Janet. Quiero que seamos Sam y yo. Y quiero que ella de verdad me corresponda. Así que solamente actuamos.

Cuando el espectáculo terminó, todos hicimos una reverencia, y hubo aplausos por todas partes. Patrick incluso me empujó delante de los demás actores para recibir mi propio aplauso. Creo que así es la iniciación de los nuevos miembros del reparto. Yo solo podía pensar en lo agradable que era que todo el mundo me aplaudiera, y en cómo me alegraba de que nadie de mi familia estuviera allí para verme hacer de Rocky con una boa de plumas. Y menos mi padre.

Sin embargo, sí tuve una erección, pero no fue hasta más tarde, en el estacionamiento del Big Boy.

Fue cuando Mary Elizabeth me pidió que fuera con ella al baile de Sadie Hawkins después de decir "Te sentaba muy bien el disfraz".

Me gustan las chicas. De verdad. Porque son capaces de pensar que te sienta bien un traje de baño incluso cuando no es cierto. La erección me hizo sentir culpable a posteriori, pero supongo que no lo podía remediar.

Le conté a mi hermana que tenía una cita para el baile, pero estaba muy distraída. Entonces, intenté pedirle consejo sobre cómo tratar a una chica en una cita, ya que hasta entonces nunca había tenido ninguna, pero no contestó. No estaba siendo antipática. Simplemente tenía la mirada "perdida en el vacío". Le pregunté si estaba bien, y dijo que necesitaba estar sola, así que fui al piso de arriba y terminé *El almuerzo desnudo*.

Después de terminar, me quedé tirado en la cama, mirando al techo, y sonreí porque el silencio que había era agradable.

Con mucho cariño,
Charlie

—

9 de febrero de 1992

Querido amigo:

Tengo que decir algo sobre mi última carta. Sé que Sam nunca me pediría que fuera con ella al baile. Sé que llevaría a Craig, y si no a Craig, entonces a Patrick, ya que la novia de Brad, Nancy, va a ir con Brad. Creo que Mary Elizabeth es una persona muy lista y muy guapa, y me alegro de que sea ella la primera cita que tengo. Pero después de decir que sí, y de que Mary Elizabeth se lo anunciara al grupo, quise que Sam se pusiera celosa. Sé que no está bien desear algo así, pero lo hice.

Sin embargo, Sam no se puso celosa. Si te digo la verdad, no creo que pudiera haberse alegrado más, lo que fue un golpe duro.

Hasta me explicó cómo tratar a una chica en una cita, lo que fue muy interesante. Dijo que a una chica como Mary Elizabeth no deberías decirle que está guapa. Deberías decirle lo bonito que es su conjunto, porque su conjunto es elección suya, mientras que su cara no lo es. También dijo que con algunas chicas debes hacer cosas como abrir las puertas del coche y comprar flores, pero no con Mary Elizabeth (y mucho menos en el baile de Sadie Hawkins). Así que le pregunté qué es lo que debería hacer, y me dijo que le hiciera un montón preguntas y que no me importara si Mary Elizabeth no paraba de hablar. Le dije que aquello no sonaba muy democrático, pero Sam dijo que ella lo hace todo el tiempo con los chicos.

Sam dijo que el tema del sexo iba a ser peliagudo con Mary Elizabeth, ya que ha tenido novios antes y tiene mucha más experiencia que yo. Dijo que lo mejor que puedes hacer cuando no sabes qué hacer durante cualquier cosa sexual es prestar atención a cómo te está besando esa persona y besarla tú de la misma manera. Dice que eso demuestra mucha sensibilidad, cosa que yo por supuesto quiero tener.

Entonces, dije:

—¿Me lo puedes demostrar?

Y ella dijo:

—No seas listillo.

Nos hablamos así de vez en cuando. Siempre la hace reír. Después de que Sam me hiciera un truco con el encendedor, le pregunté más cosas sobre Mary Elizabeth.

—¿Y si no quiero hacer nada sexual con ella?

—Pues dile que no estás preparado.

—¿Eso funciona?

—A veces.

Quise preguntarle a Sam sobre la otra cara del "a veces", pero no quería entrometerme demasiado en lo personal, y en el fondo tampoco quería saberlo. Ojalá pudiera dejar de estar enamorado de Sam. Ojalá.

Con mucho cariño,
Charlie

——

15 de febrero de 1992

Querido amigo:

No me siento muy bien porque todo se complicó. Fui al baile y le dije a Mary Elizabeth lo bonito que era su conjunto. Y le hice preguntas, y la dejé hablar todo el tiempo. Aprendí mucho sobre "deshumanización", los indios americanos y la burguesía.

Pero principalmente, aprendí sobre Mary Elizabeth.

Mary Elizabeth quiere ir a Berkeley y hacer dos licenciaturas. Una en Ciencias Políticas. La otra en Sociología, con una especialización secundaria en Estudios de la Mujer. Mary Elizabeth odia la prepa y quiere explorar las relaciones lésbicas. Le pregunté si le parecían guapas las chicas y ella me miró como si fuera estúpido y dijo:

—No se trata de eso.

La película favorita de Mary Elizabeth es *Rojos.* Su libro favorito es la autobiografía de una mujer que era un personaje de *Rojos.* No me acuerdo de su nombre. El color favorito de Mary

Elizabeth es el verde. Su estación favorita es la primavera. Su helado favorito (dice que se niega por principios a tomar yogur helado descremado) es Cherry Garcia. Su comida favorita es la pizza (mitad de champiñones, mitad de pimientos verdes). Mary Elizabeth es vegetariana y odia a sus padres. También habla español con soltura.

Lo único que ella me preguntó en toda la noche fue si quería o no darle un beso de buenas noches. Cuando respondí que no estaba preparado, dijo que lo comprendía y que se la había pasado genial. Dijo que era el chico más sensible que había conocido, lo cual no entendí porque en realidad lo único que hice fue no interrumpirla.

Entonces, me preguntó si quería volver a salir con ella en algún momento, cosa de la que Sam y yo no habíamos hablado, así que no estaba preparado para responderle. Dije que sí porque no quería hacer nada incorrecto, pero no creo que pueda imaginar preguntas para otra noche entera. No sé qué hacer. ¿Cuántas citas puedes llegar a tener sin sentir que estás preparado para besar? No creo que nunca esté preparado para Mary Elizabeth. Tendré que preguntarle a Sam sobre esto.

Por cierto, Sam llevó a Patrick al baile después de que Craig dijera que estaba demasiado ocupado. Supongo que tuvieron una buena pelea al respecto. Por fin, Craig dijo que no quería ir a un estúpido baile de prepa, ahora que ya se había graduado. En cierto momento del baile, Patrick fue al estacionamiento para fumar marihuana con su orientador académico, y Mary Elizabeth estaba pidiéndole al DJ que pusiera ciertas bandas femeninas de música, con lo que Sam y yo nos quedamos solos.

—¿Te la estás pasando bien?

Sam no respondió inmediatamente. Parecía triste.

—La verdad es que no. ¿Y tú?

—No lo sé. Es mi primera cita, así que no sé con qué compararla.

—No te preocupes. Lo vas a hacer muy bien.

—¿En serio?

—¿Quieres un poco de ponche?

—Sí, claro.

Después de eso, Sam se fue. Parecía muy triste, y deseé poder hacerla sentir mejor, pero a veces supongo que simplemente no puedes. Así que me quedé solo junto a la pared y contemplé el baile durante un rato. Te lo describiría, pero creo que es el tipo de cosa en la que tienes que estar presente o por lo menos conocer a la gente. Aunque por otro lado, quizá conocías a la misma gente cuando ibas a tus bailes de prepa, ¿sabes a qué me refiero, no?

Lo único distinto de este baile en particular era mi hermana. Estaba con su novio. Y, mientras ponían una canción lenta, me pareció que tenían una enorme pelea porque él dejó de mirarla y ella salió precipitadamente de la pista de baile hacia los baños. Intenté seguirla, pero me llevaba demasiada ventaja. Ya no volvió al baile, y su novio finalmente se fue.

Después de que Mary Elizabeth me dejara en casa, entré y encontré a mi hermana llorando en el sótano. Era un llanto diferente. Me asustó un poco. Le hablé en voz muy baja y lentamente.

—¿Estás bien?

—Déjame en paz, Charlie.

—No, en serio, ¿qué te pasa?

—No lo comprenderías.

—Podría intentarlo.

—Eso sí que es gracioso. Muy gracioso.

—¿Quieres que despierte a mamá y papá entonces?

—No.

—Pues a lo mejor ellos podrían...

—¡CHARLIE! ¡CÁLLATE! ¡¿SÍ?! ¡SOLO CÁLLATE!

Entonces fue cuando de verdad empezó a llorar. Yo no quería hacer que se sintiera peor, así que me di la vuelta para dejarla sola. Y entonces mi hermana empezó a abrazarme. No dijo nada. Solo me abrazó con fuerza, sin soltarme. Así que le devolví el abrazo. Era raro, además, porque nunca he abrazado a mi hermana. Salvo cuando la obligaban a hacerlo, al menos. Después de un rato, se calmó un poco y me liberó. Tomó aire profundamente y se sacudió el pelo que se le había quedado pegado en la cara.

Entonces fue cuando me dijo que estaba embarazada.

Te contaría el resto de la noche, pero sinceramente no recuerdo demasiado. Todo es confuso y muy triste. Lo que sí sé es que su novio le había dicho que el bebé no era suyo, pero mi hermana sabía que sí. Y sé que él había cortado con ella allí mismo en el baile. Mi hermana no se lo había contado a nadie porque no quería que corriera la noticia. Los únicos que lo sabíamos éramos yo, ella y él. Me prohibió que se lo cuente a nadie conocido. A nadie. Nunca.

Le dije que después de un tiempo probablemente no podría esconderlo, pero respondió que no dejaría que llegara tan lejos. Ya que tenía dieciocho años no necesitaba el permiso de mis padres. Solo que alguien estuviera a su lado el sábado siguiente en la clínica. Y esa persona iba a ser yo.

—Qué suerte que ya tengo permiso de conducir —dije para hacerla reír.

Pero no se rio.

Con mucho cariño,
Charlie

———

23 de febrero de 1992

Querido amigo:

Estuve sentado en la sala de espera de la clínica. Estuve allí durante una hora más o menos. No recuerdo exactamente cuánto tiempo. Bill me dio un libro nuevo para leer, pero no podía concentrarme. Supongo que es lógico.

Entonces, intenté leer algunas revistas, pero de nuevo, me resultó imposible. No tanto porque mencionaran lo que la gente estaba comiendo. Era por las portadas de las revistas. Todas tenían una cara sonriente, y cada vez que salía una mujer en la portada, enseñaba el escote. Me pregunté si aquellas mujeres querían hacerlo para parecer guapas o si era solo algo que iba con su trabajo. Me pregunté si tenían elección o no, si querían tener éxito. No podía quitarme esa idea de la cabeza.

Casi podía ver la sesión de fotos y cómo la actriz o la modelo, más tarde, se iba a tomar un "almuerzo ligero" con su novio. Podía verla preguntándole cómo le había ido en el día, y cómo ella no le daría demasiada importancia a lo que ha hecho, o tal vez, si era su primera portada de revista, lo emocionada que estaría por empezar a hacerse famosa. Podía imaginarme la revista en los quioscos, y un montón de ojos anónimos mirándola, y cómo algunas personas pensarían que era muy importante. Y entonces cómo una chica como Mary Elizabeth se pondría furiosa porque la actriz o la modelo enseñaba el escote, igual que todas las demás actrices y modelos, mientras algún fotógrafo como Craig solo miraría la calidad de la fotografía. Entonces, pensé que habría algunos hombres que compraran la revista para masturbarse con ella. Y me pregunté lo que la actriz o su novio pensaría al respecto, si acaso se le ocurría. Y después pensé que ya era hora de que dejara de pensar porque no le estaba haciendo ningún bien a mi hermana.

Entonces fue cuando empecé a pensar en mi hermana.

Pensé en esa vez en la que ella y sus amigas me pintaron las uñas, y cómo no pasó nada porque mi hermano no estaba presente. Y aquella vez en la que me dejó que utilizara sus muñecas para hacer obras de teatro, o cuando me dejó ver lo que yo quisiera en la tele. Y cuando empezó a convertirse en una "jovencita" y no permitía que nadie la mirara porque pensaba que estaba gorda. Y cómo en realidad no estaba gorda. Y en lo guapa que era verdaderamente. Y en cómo le cambió la cara cuando se dio cuenta de que los chicos pensaban que era guapa. Y en cómo le cambió la cara la primera vez que le gustó un chico que no era de un póster de su pared. Y en cómo le cambió la cara cuando se dio cuenta de que estaba enamorada de ese chico. Y entonces me pregunté cómo sería su cara cuando saliera de detrás de aquellas puertas.

Mi hermana fue quien me contó de dónde venían los niños. Mi hermana fue también la que se rió cuando inmediatamente pregunté que adónde iban.

Al acordarme de aquello me eché a llorar. Pero no podía dejar que me vieran porque, si lo hacían, tal vez no me dejaran llevarla en coche a casa, y podrían llamar a nuestros padres. Y no podía permitir que eso ocurriera porque mi hermana contaba conmigo, y era la primera vez que alguien contaba conmigo para algo. Cuando me di cuenta de que era la primera vez que lloraba desde que le prometí a mi tía Helen no llorar salvo por algo importante, tuve que ir afuera porque ya no podía ocultárselo más a nadie.

Debí de haber estado en el coche mucho tiempo, porque mi hermana al final me encontró allí. Estaba fumando un cigarro tras otro y llorando todavía. Mi hermana llamó con los nudillos en la ventanilla. La bajé. Me miró con curiosidad. Entonces su curiosidad se transformó en enojo.

—Charlie, ¡¿estás fumando?!

Estaba enojadísima. No te puedes hacer una idea de lo enojada que estaba.

—¡No puedo creer que estés fumando!

Entonces fue cuando dejé de llorar. Y empecé a reírme. Porque entre todas las cosas que podría haber dicho nada más salir de allí, había elegido el que yo fumara. Y se había enojado por eso. Y yo sabía que si mi hermana estaba enojada, entonces no le cambiaría demasiado la cara. Y pronto estaría bien.

—Voy a decírselo a mamá y papá, ¿sabes?

—No, no lo vas a hacer —Dios mío, no podía parar de reírme.

Cuando mi hermana se paró un segundo a pensar en ello, creo que se dio cuenta de por qué no se lo contaría a mamá y papá. Fue como si de pronto hubiera recordado dónde estábamos y lo que acababa de pasar y lo absurda que era toda nuestra conversación teniéndolo en cuenta. Entonces, se echó a reír.

Pero la risa hizo que se mareara, así que tuve que salir del coche y ayudarla a sentarse en el asiento trasero. Ya le había preparado la almohada y la manta, porque nos pareció que sería mejor que durmiera algo en el coche antes de volver a casa.

Justo antes de quedarse dormida, dijo:

—Bueno, si vas a fumar, por lo menos abre un poco la ventanilla.

Lo que me hizo reír otra vez.

—Charlie, fumando. No puedo creerlo.

Lo que me hizo reír más todavía, y dije:

—Te quiero.

Y mi hermana dijo:

—Yo también te quiero. Pero deja de una vez de reírte.

Al final, mis carcajadas se convirtieron en risillas esporádicas, y luego ya pararon. Miré hacia atrás y vi que mi hermana estaba dormida. Así que arranqué el coche y encendí la calefacción para que estuviera caliente. Entonces fue cuando empecé a leer el libro que Bill me había dado. Es *Walden,* de Henry David Thoreau, que es el libro favorito de la novia de mi hermano, así que tenía muchas ganas de leerlo.

Cuando se puso el sol, coloqué el folleto sobre el tabaco en la página donde había dejado de leer y empecé a manejar a casa. Me detuve unas cuantas cuadras antes de llegar para despertar a mi hermana y guardar la manta y la almohada en la cajuela. Nos estacionamos en el camino de entrada. Salimos del coche. Entramos en casa. Y oímos las voces de nuestros padres desde lo alto de la escalera.

—¿Dónde han estado todo el día, ustedes dos?

—Sí. La cena está casi lista.

Mi hermana me miró. Yo la miré a ella. Ella se encogió de hombros. Así que empecé a contar a mil por hora que habíamos visto una película y que mi hermana me había enseñado a manejar por la autopista y que habíamos ido a McDonald's.

—¡¿A McDonald's?! ¡¿Cuándo?!

—Su madre ha preparado costillas, ¿saben? —mi padre estaba leyendo el periódico.

Mientras yo hablaba, mi hermana se acercó a mi padre y le dio un beso en la mejilla. Él no levantó la vista del periódico.

—Ya lo sé, pero fuimos a McDonald's antes de la película, y eso fue hace mucho.

Entonces, mi padre preguntó como si nada:

—¿Qué película vieron?

Me quedé congelado, pero mi hermana me salvó con el nombre de una película antes de besar a mi madre en la mejilla. Yo nunca había oído hablar de ella.

—¿Era buena?

Me quedé helado otra vez.

Mi hermana estaba tan tranquila.

—No estaba mal. Esas costillas huelen genial.

—Sí —dije.

Entonces, pensé en algo para cambiar de tema.

—Oye, papá. ¿Pasan hoy partido de hockey?

—Sí, pero solo puedes verlo conmigo si no me haces ninguna de tus preguntas tontas.

—De acuerdo, pero ¿puedo hacerte una ahora, antes de que empiece?

—No lo sé. ¿Puedes?

—¿Me dejas? —pregunté, corrigiéndome.

Gruñó.

—Adelante.

—¿Me recuerdas cómo le llaman los jugadores al disco de hockey?

—Galleta. Lo llaman galleta.

—Genial. Gracias.

Desde ese momento y durante toda la cena mis padres no nos hicieron más preguntas sobre nuestro día, aunque mi madre dijo que cuánto se alegraba de que mi hermana y yo estuviéramos pasando más tiempo juntos.

Aquella noche, después de que nuestros padres se fueran a dormir, bajé al coche y saqué la almohada y la manta de la cajuela. Se los llevé a mi hermana a su habitación. Estaba muy cansada. Y hablaba en voz muy baja. Me dio las gracias por todo el día. Dijo que no la había decepcionado. Y dijo que quería que fuera nuestro pequeño secreto, ya que había decidido decirle a su antiguo novio que el embarazo había sido una falsa alarma. Supongo que ya no confiaba en él como para decirle la verdad nunca más.

Justo después de que le apagara las luces y abriera la puerta, la oí decir suavemente:

—Quiero que dejes de fumar, ¿me oyes?

—Te oigo.

—Porque te quiero, Charlie, de verdad.

—Yo también te quiero.

—Lo digo en serio.

—Yo también.

—De acuerdo entonces. Buenas noches.

—Buenas noches.

Ahí fue cuando cerré la puerta y la dejé dormir.

No tenía ganas de leer esa noche, así que fui al piso de abajo y vi un anuncio de media hora sobre un aparato de gimnasia. No dejaban de bombardear con un número de teléfono, así que llamé. La mujer que respondió al otro lado del teléfono se llamaba Michelle. Y le dije a Michelle que era un chico y que no necesitaba un aparato de gimnasia, pero que esperaba que estuviera teniendo una buena noche.

Entonces Michelle me colgó. Y no me importó nada.

Con mucho cariño,
Charlie

—

7 de marzo de 1992

Querido amigo:

Las chicas son raras, y no lo digo para ofender. Es que no lo puedo decir de otro modo.

Ya tuve otra cita con Mary Elizabeth. En muchos sentidos fue parecida al baile, salvo en que podíamos llevar ropa más cómoda. Fue ella la que me pidió salir otra vez, y supongo que está bien, pero creo que voy a empezar a preguntar yo de vez en cuando, porque no puedo esperar siempre a que me lo pidan. También, si soy yo quien lo pide, me aseguraré de salir con la chica que yo elija si ella dice que sí. Qué complicado es todo.

Lo bueno es que esta vez conseguí ser yo el que manejaba. Le pregunté a mi padre si me dejaba su coche. Fue durante la cena.

—¿Para qué? —mi padre se pone muy protector con su coche.

—Charlie tiene novia —dijo mi hermana.

—No es mi novia —dije.

—¿Quién es la chica? —preguntó mi padre.

—¿Qué pasa? —preguntó mi madre desde la cocina.

—Charlie quiere que le preste el coche —respondió mi padre.

—¿Para qué? —preguntó mi madre.

—¡Eso es lo que estoy intentando descubrir! —dijo mi padre levantando la voz.

—No hace falta ponerse así —dijo mi madre.

—Lo siento —dijo mi padre sin sentirlo. Entonces volteó hacia mí.

—Bueno, háblame de esta chica.

Así que le hablé un poco sobre Mary Elizabeth, quitando la parte sobre el tatuaje y el *piercing* en el ombligo. Estuvo esbozando una sonrisa durante un rato, intentando averiguar si yo ya era culpable de algo. Después, dijo que sí. Podía tomar prestado su coche. Cuando mi madre llegó con el café, mi padre le contó toda la historia mientras yo me comía el postre.

Esa noche, mientras terminaba mi libro, mi padre entró y se sentó en el borde de mi cama. Encendió un cigarro y empezó a hablarme de sexo. Me había dado esa charla unos cuantos años antes, pero entonces había sido más biológica. Ahora decía cosas como... "Sé que soy tu viejo, pero...", "cualquier precaución es poca hoy en día" y "usa protección" y "si ella dice que no, tienes que asumir que lo dice en serio...", "porque si la fuerzas a hacer algo que ella no quiere hacer, entonces estás en un buen lío, caballero...", "e incluso si ella dice que no, y realmente quiere decir que sí, entonces, francamente, está jugando contigo y no vale la pena", "si necesitas hablar con alguien, puedes acudir a mí, pero si no quieres hacerlo por alguna razón, habla con tu hermano", y por fin "me alegro de que hayamos tenido esta conversación".

Entonces mi padre me revolvió el pelo, sonrió y abandonó la habitación. Creo que debería decirte que mi padre no es como los de la televisión. Las cosas como el sexo no le dan vergüenza. Y de hecho sabe mucho sobre ellas.

Creo que estaba especialmente contento porque yo solía besar mucho a un niño del vecindario cuando era muy pequeño, y aunque el psiquiatra dijo que era muy normal entre niños y niñas pequeños explorar este tipo de cosas, creo que a mi padre no se le quitó el miedo. Supongo que es normal, pero no sé muy bien por qué.

Bueno, pues Mary Elizabeth y yo fuimos a ver una película al centro. Era lo que llaman una película "de arte y ensayo". Mary Elizabeth dijo que había ganado un premio en algún gran festival de cine europeo, y creía que iba a ser impresionante. Mientras esperábamos a que empezara la película, dijo que era una pena que tanta gente fuera a ver una estúpida película de Hollywood, pero que solo hubiera tan pocos en ese cine. Entonces, me contó que se moría de ganas de salir de aquí y de ir a la universidad donde la gente aprecia este tipo de cosas.

Luego empezó la película. Era en una lengua extranjera y tenía subtítulos, lo que fue divertido porque nunca había leído una película antes. La película en sí era muy interesante, pero no creo que fuera muy buena porque no me sentí distinto cuando acabó.

Pero Mary Elizabeth sí lo hizo. Repetía sin parar que era una película "elocuente". Muy "elocuente". Y supongo que lo era. El caso es que no entendí lo que quería decir por muy bien que lo hubiera dicho.

Más tarde, manejé hasta una tienda de discos *underground*, y Mary Elizabeth me dio un recorrido. Le encanta esa tienda de discos. Dijo que era el único sitio donde se sentía ella misma. Dijo que antes de que las cafeterías se pusieran de moda no había ningún sitio para chicos como ella, excepto el Big Boy, que hasta este año era para viejos.

Me enseñó la sección de películas y me habló de todos esos directores de culto y gente francesa. Después, me bajó a la sección de música extranjera y me habló de la que era alternativa "de verdad". Después me llevó a la sección de folk y me habló de bandas femeninas como The Slits.

Dijo que se sentía muy mal por no haberme regalado nada por Navidad, y que quería compensarme. Entonces me compró un disco de Billie Holiday y me preguntó si quería ir a su casa a escucharlo.

Así pues, acabé sentado a solas en su sótano mientras ella, en el piso de arriba, nos hacía algo de beber. Y eché un vistazo por la habitación, que estaba muy limpia y olía como si la gente no viviera allí. Tenía una chimenea con repisa y trofeos de golf. Y había una televisión y un buen estéreo. Y entonces Mary

Elizabeth bajó con dos copas y una botella de brandy. Dijo que odiaba todo lo que les gustaba a sus padres, excepto el brandy.

Me pidió que sirviera las bebidas mientras ella encendía el fuego. Estaba muy excitada, también, lo cual era raro porque ella nunca se comporta así. Siguió hablando sobre cuánto le gustan las chimeneas y cómo quería casarse con un hombre y vivir en Vermont algún día, cosa rara, también, porque Mary Elizabeth nunca habla de cosas así. Cuando terminó con el fuego, puso el disco y se acercó a mí medio bailando. Dijo que estaba entrando en calor, pero que no se refería a la temperatura.

Empezó la música, y ella chocó su copa con la mía, dijo "salud" y tomó un sorbito de brandy. El brandy está muy bueno, por cierto, pero estaba mejor en la fiesta del Amigo Invisible. Nos acabamos la primera copa muy rápido.

El corazón me latía a toda velocidad, y me estaba empezando a poner nervioso. Me pasó otra copa de brandy y al hacerlo me tocó la mano con mucha suavidad. Después, deslizó su pierna sobre la mía, y me quedé mirando cómo se balanceaba. Entonces, sentí su mano en mi nuca. Como moviéndose lentamente. Y mi corazón empezó a latir como loco.

—¿Te gusta el disco? —me preguntó en voz muy baja.

—Mucho —era verdad, además. Era precioso.

—¿Charlie?

—¿Ajá?

—¿Te gusto yo?

—Ajá.

—¿Sabes a lo que me refiero?

—Ajá.

—¿Estás nervioso?

—Ajá.

—No lo estés.

—De acuerdo.

Entonces fue cuando sentí su otra mano. Empezó en mi rodilla y fue subiendo por el lado de mi pierna hasta mi cadera y mi estómago. Después, apartó su pierna de la mía y se medio sentó en mis rodillas de cara a mí. Me miró directamente a los ojos, y sin parpadear. Ni una sola vez. Su expresión parecía distinta y cálida. Y se inclinó hacia mí y empezó a besarme el cuello y las orejas. Después las mejillas. Después los labios. Y todo a nuestro alrededor desapareció. Tomó mi mano y la metió por debajo de su suéter, y yo no podía creer que aquello me estuviera pasando a mí. Ni cómo era tocar unos pechos. Ni, más tarde, qué aspecto tenían. Ni lo complicados que son los brassieres.

Después de que hicimos todo lo que puedes hacer del estómago para arriba, me eché en el suelo, y Mary Elizabeth apoyó su cabeza en mi pecho. Ambos respirábamos muy lentamente y escuchábamos la música y el crepitar del fuego. Cuando terminó la última canción, sentí su aliento en mi pecho.

—¿Charlie?

—¿Ajá?

—¿Te parezco guapa?

—Me pareces muy guapa.

—¿De verdad?

—De verdad.

Entonces me abrazó un poco más fuerte, y durante la siguiente media hora Mary Elizabeth no dijo nada. Lo único que yo podía hacer era seguir allí echado y pensar en cuánto había cambiado su voz cuando me preguntó si era guapa, y cuánto había cambiado cuando le respondí, y cómo Sam dijo que a ella no le gustaban ese tipo de cosas, y cuánto me empezaba a doler el brazo.

Gracias a Dios que oímos el motor de la puerta automática del garaje en ese momento.

Con mucho cariño,
Charlie

28 de marzo de 1992

Querido amigo:

Por fin está empezando a hacer un poco de calor, y la gente es más agradable en los pasillos. No necesariamente conmigo, sino en general. Escribí una redacción sobre *Walden* para Bill, pero esta vez la hice de otra forma. No hice una reseña sobre el libro. Escribí una redacción fingiendo que había estado viviendo solo junto a un lago durante dos años. Pretendí que vivía gracias a la tierra y que tenía revelaciones. Si te digo la verdad, no me disgusta la idea de hacer eso ahora.

Desde aquella noche con Mary Elizabeth todo ha cambiado. Empezando por aquel lunes en la prepa en el que Sam y Patrick me miraron con una enorme sonrisa. Mary Elizabeth les había contado la noche que pasamos juntos, cosa que yo no quería para nada que hiciera, pero a Sam y Patrick les pareció fantástico y se alegraron mucho por nosotros dos. Sam no paraba de decir:

—No puedo creer que no se me haya ocurrido antes. ¡Hacen una pareja genial!

Creo que Mary Elizabeth también lo cree, porque se ha estado comportando de forma totalmente distinta. Es agradable todo el tiempo, pero hay algo que no cuadra. No sé cómo describirlo. Es como cuando estamos fumando un cigarro fuera con Sam y Patrick al final del día, y todos estamos charlando sobre algo hasta que es la hora de irnos a casa. Entonces, cuando llego a casa, Mary Elizabeth me llama inmediatamente y me pregunta "¿Qué tal?". Y no sé qué decir porque la única novedad en mi vida es mi paseo de vuelta a casa, que no es mucho. Pero le describo el paseo de todas formas. Y entonces empieza a hablar, y no para durante un rato largo. Ha estado haciendo esto toda la semana. Eso y quitando pelusitas de mi ropa.

En cierto momento, hace dos días, estuvo hablando de libros, incluyendo unos cuantos que yo había leído. Y cuando le dije que los había leído, me hizo preguntas muy largas que en realidad eran solo sus ideas con una interrogación al final. Lo único que me dejaba decir era o "sí" o "no". Sinceramente, no había espacio para decir nada más. Después de eso, empezó a hablar sobre sus planes para la universidad, que yo ya conocía, así que dejé el teléfono, fui al baño y cuando volví, todavía seguía hablando. Sé que no estuvo bien, pero me pareció que si no me tomaba una pausa, haría algo todavía peor. Como gritar o colgar el teléfono.

Tampoco ha parado de hablar del disco de Billie Holiday que me compró. Y dice que quiere descubrirme todas estas cosas geniales. Y para serte sincero, no quiero que me descubra todas estas cosas geniales si significa que tendré que oír a Mary Elizabeth hablando todo el rato de las cosas geniales que me descubrió. Casi parece que de las tres cosas implicadas: Mary Elizabeth, yo y las cosas geniales, a Mary Elizabeth solo le importa la primera. No lo comprendo. Yo le regalaría a alguien un disco para que disfrutara del disco, no para que siempre tuviera en cuenta que fui yo quien se lo regaló.

Además, estuvo lo de la cena. Cuando acabaron las vacaciones, mi madre me preguntó si me gustaría que Sam y Patrick vinieran a cenar como me prometió después de contarle que habían dicho que tenía muy buen gusto con la ropa. ¡Me hacía mucha ilusión! Se lo dije a Patrick y a Sam, e hicimos planes para un domingo por la noche, y más o menos dos horas después, Mary Elizabeth se acercó a mí en el pasillo y dijo:

—¿El domingo a qué hora?

No sabía qué hacer. Era solo para Sam y Patrick. Esa era la idea desde el principio. Y no había invitado a Mary Elizabeth. Supongo que sé por qué dio por sentado que estaba invitada, pero ni siquiera esperó a comprobarlo. Ni lanzó una indirecta. Ni nada.

Así que, durante la cena, la cena en la que quería que mis padres vieran lo simpáticos y geniales que eran Sam y Patrick, Mary Elizabeth habló todo el rato. No fue solamente culpa suya. Mis padres le hicieron más preguntas que a Sam o a Patrick. Supongo que porque estoy saliendo con Mary Elizabeth y eso les interesaba más que mis amigos. Supongo que es lógico. Pero aun así. Es como si no hubieran conocido a Sam y Patrick. Y esa era la intención. Para cuando terminó la cena y todos se fueron, lo único que dijo mi madre fue que Mary Elizabeth era una chica lista, y lo único que dijo mi padre fue que mi "novia" era guapa. No dijeron nada de Sam ni de Patrick. Y lo único que yo pretendía de toda esa noche era que conocieran a mis amigos. Era muy importante para mí.

El tema sexual también es raro. Es como si después de aquella primera noche tuviéramos un patrón según el cual hacemos básicamente lo que hicimos aquella primera vez, pero sin chimenea ni disco de Billie Holiday porque estamos en un coche y todo es muy precipitado. Quizá es así como se supone que son las cosas, pero no me convence.

Mi hermana ha estado leyendo muchos libros de mujeres desde que le dijo a su ex novio que el embarazo había sido una falsa alarma y él quiso volver con ella y ella le dijo que no.

Así que le pregunté por Mary Elizabeth (quitando la parte sexual) porque sabía que podía ser imparcial sobre el tema, especialmente al haberse "puesto a salvo" de la cena. Mi hermana dijo que Mary Elizabeth sufre de baja autoestima, pero repuse que había dicho lo mismo de Sam en noviembre cuando empezó a salir con Craig, y Sam es completamente distinta. No todo puede ser baja autoestima, ¿no?

Mi hermana intentó explicarlo. Dijo que enseñándome todas esas cosas geniales, Mary Elizabeth consigue una posición de superioridad que no necesitaría si tuviera confianza en sí misma. También dijo que las personas que intentan controlar todo el tiempo la situación tienen miedo de que, si no lo hacen, nada saldrá como ellos quieren.

No sé si tendrá o no razón, pero me entristeció. No por Mary Elizabeth. O por mí. Sino en general. Porque empecé a pensar que no tenía ni idea de quién era Mary Elizabeth. No digo que me haya estado mintiendo, pero antes de conocerla se comportaba de un modo muy distinto, y si realmente no es como era al principio, me hubiera gustado que me lo dijera. Pero quizá sí sea como era al principio, y yo simplemente no me he dado cuenta. No quiero ser otra cosa más bajo el control de Mary Elizabeth.

Le pregunté a mi hermana qué debería hacer, y me dijo que lo mejor sería ser sincero sobre mis sentimientos. Mi psiquiatra dijo lo mismo. Y entonces sí que me entristecí de verdad, porque pensé que quizá yo también era distinto de como me había visto al principio Mary Elizabeth. Y quizá estuviera mintiendo al no contarle lo difícil que me resultaba escucharla todo el tiempo sin poder intervenir. Pero solo intentaba ser amable siguiendo las instrucciones de Sam. No sé dónde me equivoqué.

Intenté llamar a mi hermano para hablar del tema, pero su compañero de habitación dijo que estaba muy ocupado con las clases, así que decidí no dejar un mensaje porque no quería distraerlo. Lo único que hice fue enviarle mi redacción sobre *Walden* para que pudiera enseñársela a su novia. Así, tal vez si tenían tiempo podían leerla y podríamos hablar de ella, y tendría la oportunidad de preguntarles a ambos qué hacer con Mary Elizabeth ya que ellos tenían una relación de las buenas y sabrían cómo hacer que las cosas funcionen. Incluso si no llegábamos a hablar del tema, me encantaría conocer a la novia de mi hermano. Aunque fuera por teléfono. Conseguí verla una vez en un video de uno de los partidos de mi hermano, pero no es lo mismo. Aunque era muy guapa. Pero no de forma poco convencional. No sé por qué estoy diciendo todo esto. En realidad, me gustaría que Mary Elizabeth me preguntara alguna cosa aparte de "¿Qué tal?".

Con mucho cariño,
Charlie

—

18 de abril de 1992

Querido amigo:

Armé un lío tremendo. De verdad. Me siento fatal. Patrick dijo que lo mejor que podía hacer era alejarme durante unos días.

Todo empezó el lunes pasado. Mary Elizabeth vino a la prepa con un libro de poemas de un famoso poeta llamado E. E. Cummings. La razón de que trajera ese libro era que había visto una película que hablaba de un poema que compara las manos de una mujer con flores y lluvia. Le pareció que era tan bonito que salió de casa y compró el libro. Lo ha leído un montón de veces desde entonces, y dijo que quería que yo tuviera mi propio ejemplar. No el ejemplar que ella había comprado, sino uno nuevo.

Durante todo el día me pidió que le enseñara a todo el mundo el libro.

Sé que debería haber estado agradecido porque había sido un detalle. Pero no me sentía agradecido. No me sentía agradecido en absoluto. No me malinterpretes. Fingí que lo estaba. Pero no lo estaba. Para serte sincero, me estaba empezando a enojar. Quizá si me hubiera dado el ejemplar que se había comprado para ella, habría sido distinto. O quizá si solo me hubiera escrito a mano el poema que le gusta sobre la lluvia en un papel bonito. Y, desde luego, si no me hubiera hecho enseñarle el libro a todos nuestros conocidos.

Tal vez debería haber sido sincero entonces, pero no me parecía el momento apropiado.

Cuando salí del instituto ese día, no volví a casa porque no podía hablar con ella por teléfono, y mi madre no tiene demasiada "habilidad" mintiendo en este tipo de cosas. Así que, en su lugar, fui caminando hacia la zona donde están todas las tiendas y videoclubs. Fui directamente a la librería. Y cuando la señora detrás del mostrador me preguntó si necesitaba ayuda, abrí la bolsa y devolví el libro que Mary Elizabeth me había comprado. No hice nada con el dinero. Solo me lo guardé en el bolsillo.

Mientras volvía caminando a casa, no podía dejar de pensar en lo horrible que era lo que acababa de hacer, y empecé a llorar. Cuando llegué a la puerta principal, estaba llorando tanto que mi hermana dejó de ver la televisión para hablar conmigo. Después de contarle lo que había hecho, me llevó en coche de vuelta a la librería porque yo no estaba en condiciones para manejar, y recuperé el libro, con lo que me sentí un poco mejor.

Cuando Mary Elizabeth me preguntó por teléfono aquella noche dónde había estado todo el día, le dije que había ido a la librería con mi hermana. Y cuando me preguntó si le había comprado algo bonito, dije que sí. Ni siquiera se me ocurrió que lo estuviera preguntando en serio, pero dije que sí de todas formas. Tan mal me sentía por haber intentado devolver su libro. Pasé la siguiente hora al teléfono escuchando su charla sobre el libro. Después, nos dimos las buenas noches. Después, bajé las escaleras para preguntarle a mi hermana si podía llevarme de nuevo a la librería para poder comprarle a Mary Elizabeth algo bonito. Mi hermana me dijo que manejara yo mismo. Y que debería empezar a ser sincero con Mary Elizabeth sobre mis sentimientos. Quizá debería haberlo hecho entonces, pero no me parecía el momento apropiado.

Al día siguiente en la prepa le di a Mary Elizabeth el regalo que fui a comprar en coche. Era un ejemplar nuevo de *Matar un ruiseñor*. Lo primero que dijo Mary Elizabeth fue:

—Qué original.

Me tuve que recordar a mí mismo que no lo decía con maldad. No se estaba burlando de mí. No estaba comparando. O criticando. Y en realidad, no lo hacía. Créeme. Así que le conté que Bill me suele dar libros especiales para leer fuera de clase y cómo *Matar un ruiseñor* fue el primero. Y lo especial que era para mí. Entonces dijo:

—Gracias. Qué lindo.

Pero entonces empezó a explicarme que lo había leído tres años antes y que pensaba que estaba "sobrevalorado" y que lo habían convertido en una película en blanco y negro con actores famosos como Gregory Peck y Robert Duvall, y que ganó un premio de la Academia por el guión. Yo como que me tragué mis sentimientos después de eso.

Salí de la prepa, di un paseo y no volví a casa hasta la una de la madrugada. Cuando le expliqué a mi padre por qué, me dijo que me portara como un hombre.

Al día siguiente en la prepa, cuando Mary Elizabeth me preguntó dónde había estado el día anterior, le dije que había comprado un paquete de cigarros, ido al Big Boy y pasado el resto del día leyendo el libro de E. E. Cummings y comiendo sándwiches dobles. Sabía que no me arriesgaba diciendo eso porque ella nunca me haría preguntas sobre el libro. Y tenía razón. Después de todo lo que habló sobre el tema la otra vez, no creo que necesite leerlo por mí mismo jamás. Ni aunque quisiera.

Estoy seguro de que debería haberme sincerado entonces, pero si te digo la verdad, me estaba enfureciendo tanto como cuando hacía deporte, y eso empezaba a asustarme.

Afortunadamente, las vacaciones de Semana Santa empezaban el viernes, y relajaron un poco las cosas. Bill me dio *Hamlet* para leer durante las fiestas. Dijo que necesitaría tener tiempo libre para concentrarme de verdad en la obra. Supongo que no tengo que decirte quién la escribió. El único consejo que me dio fue que pensara en el protagonista desde el punto de vista de otros protagonistas de libros que he leído hasta ahora. Me dijo que no perdiera el tiempo pensando en "lo barroco del lenguaje".

Bueno, ayer, Viernes Santo, tuvimos un espectáculo especial de *The Rocky Horror Picture Show*. Lo que lo hizo especial fue el hecho de que todo el mundo sabía que empezaban las vacaciones de Semana Santa, y un montón de chicos llevaban todavía los trajes y vestidos de misa. Me recordó los Miércoles de Ceniza del colegio, cuando los niños llegaban con huellas en la frente. Siempre le daba un toque de emoción.

Después del espectáculo, Craig nos invitó a todos a su departamento para beber vino y escuchar el Álbum Blanco. Después de que terminara el disco, Patrick sugirió que jugáramos todos a Verdad o Reto, un juego que le encanta cuando está "alegre".

¿Adivinas quién escogió reto sobre verdad durante toda la noche? Yo. No quería decirle la verdad a Mary Elizabeth a causa de un juego.

Salió bastante bien durante gran parte de la noche. Las pruebas eran cosas como "bebe una cerveza de un jalón". Pero entonces, Patrick me la puso difícil. Ni siquiera creo que supiera lo que estaba haciendo, aunque lo hizo de todas formas.

—Besa en los labios a la chica más guapa de la habitación.

Fue entonces cuando decidí ser sincero. Mirando hacia atrás, probablemente no podría haber elegido un momento peor.

Se hizo el silencio en cuanto me levanté (ya que Mary Elizabeth estaba sentada justo a mi lado). Para cuando me hube arrodillado delante de Sam y la besé, el silencio era ya insoportable. No fue un beso romántico. Fue amistoso, como cuando hice de Rocky y ella de Janet. Pero daba igual.

Podría decir que fue el vino o la cerveza que me tuve que beber del tirón. También podría decir que se me había olvidado el momento en que Mary Elizabeth me preguntó si me parecía guapa. Pero estaría mintiendo. Lo cierto es que, cuando Patrick me retó, supe que si besaba a Mary Elizabeth les estaría mintiendo a todos. Incluyendo a Sam. Incluyendo a Patrick. Incluyendo a Mary Elizabeth. Y ya no podía seguir haciéndolo. Ni siquiera como parte de un juego.

Después del silencio, Patrick hizo lo que pudo para salvar la noche. Lo primero que dijo fue:

—Vaya, ¡qué incomodidad!

Pero no funcionó. Mary Elizabeth salió precipitadamente de la habitación y entró en el baño. Patrick me dijo luego que no quería que nadie la viera llorar. Sam la siguió, pero antes de abandonar del todo de la habitación, volteó hacia mí y dijo con tono serio y sombrío:

—¿A ti qué chingados te pasa?

Fue la expresión de su cara al decirlo. Y cuánto lo sentía. Hizo que, de pronto, todo pareciera tal y como realmente era. Me sentí fatal. Sencillamente fatal. Patrick inmediatamente se levantó y me sacó del departamento de Craig. Fuimos a la calle, y lo único de lo que fui consciente fue del frío. Dije que debería volver y disculparme. Patrick dijo:

—No. Yo recogeré nuestros abrigos. Quédate aquí.

Cuando Patrick me dejó afuera, empecé a llorar. Era un llanto real y de pánico, y no podía pararlo. Cuando Patrick volvió, dije, llorando a mares:

—En serio creo que debería disculparme.

Patrick negó con la cabeza.

—Créeme. No es buena idea volver ahí adentro.

Entonces sacudió las llaves del coche delante de mi cara y dijo:

—Vamos. Te llevaré a casa.

En el coche, le conté a Patrick todo lo que había estado pasando. Sobre el disco. Y el libro. Y *Matar un ruiseñor*. Y cómo Mary Elizabeth nunca me hacía preguntas. Y lo único que dijo Patrick fue:

—Qué pena que no seas gay.

Aquello me hizo parar de llorar un poco.

—Aunque pensándolo bien, si fueras gay, nunca saldría contigo. Eres un desastre.

Aquello me hizo reír un poco.

—Y yo que pensaba que Brad estaba chiflado. ¡Dios mío!

Aquello me hizo reír mucho más. Entonces puso la radio y me llevó de vuelta a casa a través de los túneles. Cuando me dejó en casa, Patrick me dijo que lo mejor que podía hacer era mantenerme alejado unos días. Creo que ya te lo he dicho. Dijo que cuando supiera algo más que me llamaría.

—Gracias, Patrick.

—No hay de qué.

Y entonces dije:

—¿Sabes, Patrick? Si fuera gay, querría salir contigo.

No sé por qué lo dije, pero me pareció que tenía que hacerlo.

Patrick se limitó a sonreír haciéndose el guapo y dijo:

—Cómo no.

Después arrancó el coche y se fue a toda prisa.

Cuando me eché en la cama esa noche puse el disco de Billie Holiday y empecé a leer el libro de poemas de E. E. Cummings. Después de leer el poema que compara las manos de la mujer con flores y lluvia, dejé el libro y fui a la ventana. Miré fijamente mi reflejo y los árboles detrás de él durante un rato largo. Sin pensar en nada. Sin sentir nada. Sin oír el disco. Durante horas.

Es verdad que me está pasando algo. Y no sé lo que es.

Con mucho cariño,
Charlie

26 de abril de 1992

Querido amigo:

Nadie me ha llamado desde aquella noche. No les culpo. He pasado todas las vacaciones leyendo *Hamlet*. Bill tenía razón. Era mucho más fácil pensar en el chico de la obra como los otros personajes sobre los que he leído hasta el momento. También me ha ayudado ahora que estoy intentando descubrir qué me pasa. No me ha dado necesariamente ninguna respuesta, pero ha sido de ayuda saber que alguien más ha pasado por esto. Y sobre todo, alguien que vivió hace tanto tiempo.

Llamé a Mary Elizabeth y le dije que había estado escuchando el disco todas las noches y leyendo el libro de E. E. Cummings.

Ella solamente dijo:

—Es demasiado tarde, Charlie.

Le habría explicado que no quería empezar a salir de nuevo con ella y que había hecho estas cosas solo como un amigo, pero sabía que con ello no haría más que empeorarlo todo, así que no lo hice.

Dije solamente:

—Lo siento.

Y era verdad que lo sentía. Y sé que ella me creyó. Pero cuando aquello no tuvo ningún efecto, y no hubo nada más que un silencio incómodo en el teléfono, supe realmente que era demasiado tarde.

Patrick sí me llamó, pero lo único que dijo fue que Craig se había enfadado mucho con Sam por mi culpa, y que debería seguir alejado hasta que las cosas se calmaran. Le pregunté si le gustaría dar una vuelta, él y yo solos. Dijo que iba a estar ocupado con Brad y cosas familiares, pero que intentaría llamarme si podía encontrar un rato. Hasta ahora no lo ha hecho.

Te contaría el Domingo de Pascua con mi familia, pero ya te he hablado de Acción de Gracias y Navidad, y la verdad es que no hay mucha diferencia.

Excepto que a mi padre le subieron el sueldo, y a mi madre no porque a ella no la pagan por trabajar en casa, y mi hermana dejó de leer esos libros sobre autoestima porque conoció a un chico nuevo.

Mi hermano volvió a casa, pero cuando le pregunté si su novia había leído mi redacción sobre *Walden,* dijo que no porque había cortado con él cuando descubrió que la estaba engañando con otra. Hacía ya tiempo de eso. Así que le pregunté si lo había leído él, y dijo que no porque había estado demasiado ocupado. Dijo que intentaría leerlo durante las vacaciones. De momento, no lo ha hecho.

Bueno, fui a visitar a mi tía Helen, y por primera vez en mi vida esto no me ayudó. Incluso intenté seguir mi propósito de recordar con detalle la última vez que tuve una semana genial, pero eso tampoco me ayudó.

Sé que todo esto lo provoqué yo. Sé que me lo merezco. Haría cualquier cosa para no ser así. Haría cualquier cosa para compensarlos a todos. Y por no tener que ver a un psiquiatra que me explique lo que es ser "pasivo agresivo". Y por no tener que tomar la medicina que me da, que es demasiado cara para mi padre. Y por no tener que hablar de recuerdos desagradables con él. O ponerme nostálgico por cosas desagradables.

Ojalá que Dios o mis padres o Sam o mi hermana o alguien me dijera qué es lo que me pasa. Me dijera cómo ser diferente de forma que tenga sentido. Para hacer que todo esto se vaya. Y desaparezca. Sé que está mal porque es responsabilidad mía, y sé que las cosas se ponen peor antes de mejorar porque eso dice mi psiquiatra, pero este peor me resulta demasiado grande.

Después de una semana sin hablar con nadie, al final llamé a Bob. Sé que no debía, pero no sabía qué hacer si no. Le pregunté si tenía cualquier cosa que pudiera comprar. Me dijo que le quedaban siete gramos de marihuana. Así que tomé parte de mi paga de Semana Santa y la compré.

Desde entonces, he estado fumándomela sin parar.

Con mucho cariño,
Charlie

PARTE
4

Querido amigo:

Me gustaría poder contarte que todo está mejorando, pero des-afortunadamente no es así. Es difícil, además, porque hemos empezado las clases otra vez, y ya no puedo ir a los lugares a los que iba. Y ya no puede volver a ser como antes. Y todavía no estaba preparado para decir adiós.

Para serte sincero, he estado evitándolo todo.

Deambulo por los pasillos de la prepa y miro a la gente. Miro a los profesores y me pregunto por qué están aquí. Si les gusta su trabajo. O nosotros. Y me pregunto qué tan listos eran cuando tenían quince años. No con maldad. Sino por curio-sidad. Es como mirar a todos los estudiantes y preguntarse a quién le han roto el corazón ese día, y cómo puede arreglárse-las además con tres exámenes y una redacción. O preguntarse quién fue el que le rompió el corazón. Y preguntarse por qué. Sobre todo porque sé que si fuera a otra prepa, aquel a quien han roto el corazón lo tendría roto por otra persona, así que

¿por qué nos lo tomamos todo de manera tan personal? Y si yo fuera a otra prepa, nunca habría conocido a Sam ni a Patrick ni a Mary Elizabeth ni a nadie aparte de mi familia.

Te puedo contar algo que pasó. Estaba en el centro comercial, porque es allí adonde voy últimamente. Durante las últimas dos semanas, he estado yendo allí cada día, intentando averiguar por qué la gente va allí. Es una especie de proyecto personal.

Había un niño pequeño. Podría tener cuatro años. No estoy seguro. Estaba llorando muchísimo, y no paraba de llamar a su madre. Debía de haberse perdido. Entonces, vi a un chico que podría tener diecisiete años. Irá a otro instituto, porque no lo había visto antes. En cualquier caso, este chico con pinta de tipo duro, chamarra de cuero, pelo largo y todo, se acercó al niño pequeño y le preguntó cómo se llamaba. El niño pequeño respondió y dejó de llorar.

Entonces, el chico se alejó con el niño pequeño.

Un minuto después, oí que el altavoz le decía a la madre que su hijo estaba en el mostrador de información. Así que fui al mostrador de información para ver lo que iba a pasar.

Supongo que la madre llevaba mucho tiempo buscando al niño pequeño, porque vino corriendo al mostrador, y cuando vio al niño pequeño se echó a llorar. Lo abrazó con fuerza y le dijo que no volviera a escaparse de nuevo. Entonces, le dio las gracias al chico que les había ayudado, y este lo único que dijo fue:

—La próxima vez vigílelo mejor, carajo.

Y después se alejó.

El hombre de bigote que estaba detrás del mostrador de información se quedó boquiabierto. La madre igual. El niño pequeño se limpió los mocos, levantó la vista hacia su mamá y dijo:

—Papas fritas.

La madre bajó la mirada hacia el niño y asintió, y ambos se marcharon. Así que los seguí. Fueron al lugar donde están los puestos de comida y compraron papas fritas. El niño pequeño sonreía y se llenaba de catsup. Y la madre seguía enjugándose las lágrimas entre calada y calada de su cigarro.

Yo no dejaba de mirar a la madre, intentando imaginar su aspecto cuando era joven. Si estaba casada. Si su hijo había sido fruto de un accidente o planificado. Y si aquello cambiaba algo.

Vi a otras personas allí. Viejos sentados a solas. Chicas jóvenes con sombra de ojos azul y mandíbulas extrañas. Niños pequeños que parecían cansados. Padres con abrigos buenos que parecían todavía más cansados. Chicos trabajando detrás de los mostradores de los sitios de comida que parecían haber perdido las ganas de vivir desde hacía horas. Las cajas registradoras seguían abriéndose y cerrándose. La gente seguía dando dinero y recogiendo su cambio. Y todo me resultó muy inquietante.

Así que decidí buscar otro sitio adonde ir y descubrir por qué la gente va allí. Desafortunadamente, no hay muchos sitios así. No sé durante cuánto tiempo puedo seguir andando sin un amigo. Antes podía hacerlo fácilmente, pero eso era antes de saber cómo era tener un amigo. A veces es mucho más fácil no saber las cosas. Y que comer papas fritas con tu madre sea suficiente para ti.

La única persona con la que he hablado realmente durante las últimas dos semanas ha sido Susan, la chica que solía salir a "dar una vuelta" con Michael en primaria cuando llevaba braquets. La vi en el pasillo, rodeada de un grupo de chicos desconocidos. Estaban todos riéndose y contando chistes sexuales, y Susan se esforzaba por reírse con ellos. Cuando vio que me acercaba al grupo, se puso "lívida". Fue casi como si no quisiera acordarse de cómo era doce meses atrás, y desde luego no quería que los chicos supieran que me conocía y que antes era mi amiga. El grupo entero se quedó en silencio y clavó los ojos en mí, pero yo ni me fijé en ellos. Solo miré a Susan, y lo único que dije fue:

—¿Lo echas de menos alguna vez?

No lo dije con maldad o acusadoramente. Solo quería saber si alguien más se acordaba de Michael. Para serte sincero, estaba muy fumado, y no podía quitarme la pregunta de la cabeza.

Susan se quedó desconcertada. No sabía qué hacer. Aquellas eran las primeras palabras que habíamos cruzado desde el final del curso pasado. Supongo que no fue justo por mi parte preguntárselo en medio de un grupo como ese, pero nunca la he vuelto a encontrar sola, y realmente necesitaba saberlo.

Al principio, pensé que su cara de pasmo era resultado de la sorpresa, pero al no desaparecer durante un rato largo, supe que no. De pronto caí en la cuenta de que si Michael siguiera todavía por aquí, Susan probablemente ya no "saldría" con él. No porque sea una mala persona o superficial o cruel. Sino porque las cosas cambian. Y los amigos se van. Y la vida no se detiene para nadie.

—Siento haberte molestado, Susan. Es que estoy pasando por una mala racha. Eso es todo. Tú pásatela bien —dije y me alejé.

—Dios, ese tipo es un maldito fenómeno —oí que susurraba uno de los chicos cuando iba a la mitad del pasillo. Lo dijo más como el que constata un hecho que para herir, y Susan no lo discutió. Ni siquiera sé si yo mismo lo hubiera discutido estos días.

Con mucho cariño,
Charlie

—

2 de mayo de 1992

Querido amigo:

Hace unos días fui a ver a Bob para comprar más hierba. Probablemente debería decir que siempre se me olvida que Bob no va a la prepa con nosotros. Probablemente porque ve más televisión que nadie que conozca, y sabe muchísimas anécdotas triviales. Deberías verlo hablar de Mary Tyler Moore. Es bastante escalofriante.

Bob tiene una forma de vivir muy particular. Dice que se ducha un día sí y otro no. Pesa su "mercancía" todos los días. Dice que cuando estás fumando un cigarro con alguien, y tienes un encendedor, deberías encender primero el cigarro del otro. Pero si tienes cerillos, deberías encender primero tu cigarro, para respirar el "azufre perjudicial" en su lugar. Dice que eso es lo educado. También dice que da mala suerte encender "tres con un cerillo". Lo oyó de su tío el que luchó en Vietnam. Por algo así como que tres cigarros era el tiempo que hacía falta para que el enemigo te localizara.

Bob dice que cuando estás solo y enciendes un cigarro y el cigarro solo se te enciende a medias, significa que alguien está pensando en ti. También dice que cuando encuentras un penique, solo es "de la suerte" si está de cara. Dice que lo mejor es encontrar un penique de la suerte cuando estás con alguien y regalarle a la otra persona la buena suerte. Cree en el karma. También le encanta jugar a las cartas.

Bob va medio tiempo al centro local de formación profesional. Quiere ser cocinero. Es hijo único, y sus padres nunca están en casa. Dice que solía fastidiarlo mucho cuando era más pequeño, pero ya no tanto.

Lo que pasa con Bob es que cuando lo conoces por primera vez es muy interesante porque sabe normas sobre cigarros y peniques y Mary Tyler Moore. Pero al cabo de un tiempo de conocerlo, empieza a repetirse. Durante las últimas semanas, no ha dicho nada que no le haya oído ya antes. Por eso fue tan impactante cuando me contó lo que había pasado.

Básicamente, el padre de Brad cachó a Brad y a Patrick juntos.

Supongo que el padre de Brad no sabía lo de su hijo porque cuando los cachó, el padre de Brad empezó a pegarle a Brad. No en plan cachetada. En plan cinturón. En plan de verdad. Patrick le dijo a Sam, quien se lo dijo a Bob, que nunca había visto nada parecido. Así de terrible parece que fue. Quería decirle "Detente" y "Lo vas a matar". Incluso quería sujetar al padre de Brad. Pero se quedó congelado. Y Brad no paraba de decirle a Patrick "¡Sal de aquí!". Y al final, Patrick lo hizo.

Eso fue la semana pasada. Y Brad todavía no ha vuelto a la prepa. Todo el mundo piensa que podrían haberlo enviado a una escuela militar o algo así. Nadie sabe nada seguro. Patrick intentó llamarle una vez, pero cuando respondió el padre de Brad, colgó.

Bob dice que Patrick está "bajo de moral". No te imaginas la tristeza que me dio cuando me lo dijo, porque quería llamar a Patrick y ser su amigo y ayudarlo. Pero no sabía si debía llamarlo por lo que había dicho de esperar hasta que las cosas se calmaran. El caso es que no podía pensar en otra cosa.

Así que el viernes fui a *The Rocky Horror Picture Show.* Esperé hasta que la película hubo empezado antes de entrar en el teatro. No quería arruinarles el espectáculo a todos. Solo quería ver a Patrick hacer de Frank'N Furter como siempre, porque sabía que si lo veía, sabría que se iba a recuperar. Igual que mi hermana cuando se enojó conmigo por fumar cigarros.

Me senté en la última fila y me quedé mirando el escenario. Faltaba todavía un par de escenas antes de que Frank'N Furter saliera. Entonces fue cuando vi a Sam haciendo de Janet. Y la eché muchísimo de menos. Y lamenté tanto haber arruinado las cosas... Especialmente cuando vi a Mary Elizabeth interpretando a Magenta. Todo era muy duro de contemplar. Pero entonces Patrick por fin salió a escena como Frank'N Furter, y estuvo genial. De hecho, estuvo mejor que nunca en muchos sentidos. Fue tan bueno ver a todos mis amigos... Me fui antes de que acabara la película.

Manejé a casa escuchando algunas de las canciones que escuchábamos aquellos días en los que éramos infinitos. Y fingí que estaban en el coche conmigo. Incluso hablé en voz alta. Le conté a Patrick que me parecía que había estado genial. Le pregunté a Sam por Craig. Le dije a Mary Elizabeth que lo sentía mucho y lo que me gustaba el libro de E. E. Cummings y que quería hacerle algunas preguntas sobre él. Pero entonces paré porque me había empezado a poner demasiado triste. Y también pensé que si alguien me viera hablando en voz alta estando solo en el coche, sus miradas podrían convencerme de que lo que me pasa podría ser incluso peor de lo que creía.

Cuando llegué a casa, mi hermana estaba viendo una película con su nuevo novio. No hay mucho que contar, aparte de que se llama Erik, tiene el pelo corto y está en la prepa. Erik había rentado la película. Después de darle la mano, les pregunté por la película, porque no me sonaba nada salvo por un actor que salía en un programa de televisión, y no me acordaba de su nombre.

Mi hermana dijo:

—Es bastante tonta. No te gustaría.

Yo dije:

—¿De qué trata?

Ella dijo:

—Vamos, Charlie. Ya casi terminó.

Yo dije:

—¿Les parecería bien si me quedara a ver el final?

Ella dijo:

—Puedes verla entera cuando hayamos terminado.

Yo dije:

—Bueno, ¿y si veo el final con ustedes y después la rebobino y veo hasta donde empecé a verla con ustedes?

Entonces fue cuando ella paró la película:

—¿No captas las indirectas?

—Supongo que no.

—Queremos estar solos, Charlie.

—Ah. Lo siento.

Si te digo la verdad, sabía que mi hermana quería estar a solas con Erik, pero me moría de ganas de tener compañía. Sin embargo, sabía que no era justo arruinarle la noche solo porque echaba de menos a todo el mundo, así que le di las buenas noches y me fui.

Subí a mi cuarto y empecé a leer el nuevo libro que me había dado Bill. Se llama *El extranjero*. Bill dijo que es "muy fácil de leer, pero muy difícil de 'leer bien'". No tengo ni idea de lo que quería decir, pero por ahora me está gustando el libro.

Con mucho cariño,
Charlie

8 de mayo de 1992

Querido amigo:

Es raro cómo las cosas pueden volver a cambiar tan repentinamente como lo hicieron en un principio. Algo sucede y de pronto todo vuelve a la normalidad.

El lunes Brad volvió a la prepa.

Parecía muy cambiado. No porque tuviera moretones ni nada. De hecho, tenía la cara bien. Pero antes, Brad era un chico que siempre iba por el pasillo con energía. La verdad es que no puedo describirlo de otra manera. Algunas personas caminan cabizbajas por alguna razón. No les gusta mirar a los ojos a los demás. Brad nunca fue así. Pero ahora lo es. Sobre todo con Patrick.

Los vi hablando en voz baja en el pasillo. Yo estaba demasiado lejos para oír lo que decían, pero se notaba que Brad estaba ignorando a Patrick. Y cuando Patrick empezó a enojarse, Brad simplemente cerró su casillero y se alejó. No es que fuera muy extraño, porque Brad y Patrick nunca hablaban en la prepa ya que Brad quería mantener las cosas en secreto. Lo extraño fue que Patrick se hubiera acercado primero a Brad. Así que supuse que ya no se encontraban en los campos de golf. Y que ni siquiera hablaban por teléfono.

Más adelante, esa tarde, estaba afuera fumándome un cigarro a solas, y vi a Patrick también fumándose un cigarro a solas. No estaba tan cerca como para saludarlo, pero no quise interferir en su tiempo libre, así que no me acerqué a él. Pero Patrick estaba llorando. Estaba llorando desconsoladamente. Después de eso, cada vez que lo veía por alguna parte no parecía estar allí. Era como si estuviera en otro lugar. Y creo que lo supe porque era así como la gente solía decir que yo estaba. Quizá todavía lo diga. No estoy seguro.

El jueves ocurrió algo realmente horrible.

Estaba sentado solo en la cafetería comiéndome un filete ruso, cuando vi que Patrick se acercaba a Brad, que estaba sentado con sus amigotes del equipo de futbol, y vi que Brad pasaba de largo como había hecho en el casillero. Y vi que Patrick se estaba alterando, pero Brad seguía pasando de largo. Entonces, vi cómo Patrick decía algo y parecía muy enojado mientras se daba la vuelta para alejarse. Brad se quedó quieto en el sitio durante un segundo y después se giró. Entonces lo oí. Fue lo bastante alto para que algunas mesas lo oyeran. Lo que Brad le gritó a Patrick.

—¡Maricón!

Los colegas del equipo de Brad empezaron a reírse. Algunas mesas se quedaron en silencio mientras Patrick se daba la vuelta. Estaba fuera de sí. No estoy bromeando. Volvió como una furia a la mesa de Brad y dijo:

—¿Cómo me llamaste?

Dios mío, estaba furioso. Yo nunca había visto a Patrick así.

Brad se quedó callado durante un segundo, pero sus colegas lo azuzaron dándole empujoncitos en los hombros. Brad levantó la mirada hacia Patrick y dijo en voz más baja y con mayor crueldad que antes:

—Te he llamado maricón.

Los colegas de Brad se echaron a reír todavía más fuerte. Bueno, hasta que Patrick lanzó el primer puñetazo. Es algo sobrecogedor cuando de golpe se hace el silencio en toda una habitación, y entonces empieza el ruido de verdad.

La pelea fue dura. Mucho más dura que la que tuve con Sean el año pasado. No fue juego limpio a base de puñetazos ni como se ve en las películas. Solo luchaban y se golpeaban. Y el que fuera más agresivo o estuviera más enfadado daba la mayoría de los golpes. En cierto punto, la pelea iba bastante igualada hasta que los colegas de Brad se metieron y se convirtió en un cinco a uno.

Ahí fue cuando me metí yo. No podía ver cómo le hacían daño a Patrick, aunque las cosas no se hubieran calmado todavía.

Creo que cualquiera que me conozca se podría haber asustado o desconcertado. Excepto tal vez mi hermano. Él me enseñó qué hacer en estas situaciones. No quiero entrar en detalles, solo diré que, cuando acabó, Brad y sus dos colegas dejaron de pelear y se me quedaron viendo. Sus otros dos amigos estaban tirados en el suelo. Uno se apretaba la rodilla que yo le había roto con una de esas sillas de metal de la cafetería. El otro se tapaba la cara. Fui un poco por sus ojos, pero no con mucha saña. No quería que fuera muy grave.

Bajé la vista al suelo y vi a Patrick. Tenía la cara bastante mal y estaba llorando mucho. Lo ayudé a ponerse de pie y después miré a Brad. No creo que hubiéramos cruzado ni dos palabras hasta entonces, pero supongo que este era el momento de empezar. Solo dije:

—Si alguna vez lo vuelves a hacer, se lo contaré a todos. Y si no es suficiente, te dejaré ciego.

Señalé a su amigo, el que se estaba tapando la cara, y supe que Brad me había oído y que sabía que lo decía en serio. Sin embargo, no respondió nada porque los guardias de seguridad de nuestra prepa vinieron a sacarnos a todos de la cafetería. Nos llevaron primero a la enfermería, y después a ver a Mr. Small. Patrick fue quien empezó la pelea, así que lo expulsaron durante una semana. Los amigotes de Brad tuvieron tres días cada uno por atacar en grupo a Patrick después de irrumpir en la pelea inicial. A Brad no lo expulsaron porque había actuado en defensa propia. A mí tampoco, ya que solamente había intentado defender a un amigo al que atacaban cinco contra uno.

Brad y yo tuvimos un mes de castigo, empezando ese mismo día.

Durante las horas de castigo, Mr. Harris no nos puso ninguna norma. Nos dejaba leer o hacer la tarea o hablar. No era realmente un castigo, a no ser que te gusten los programas que pasan en televisión justo después de clase o estés muy preocupado por tu expediente. Me pregunto si es todo una mentira. El expediente, quiero decir.

En aquel primer día de castigo, Brad vino a sentarse a mi lado. Parecía muy triste. Creo que se había dado cuenta de lo ocurrido, al salir del aturdimiento de la pelea.

—¿Charlie?

—¿Sí?

—Gracias. Gracias por pararlos.

—De nada.

Y eso fue todo. No le he vuelto a decir nada desde entonces. Y hoy él no se ha sentado a mi lado. Al principio, cuando lo dijo, me quedé algo desorientado. Pero creo que ya lo capté. Porque yo no querría que un puño de amigos míos le dieran una paliza a Sam, ni aunque me hubieran prohibido que me siguiera gustando.

Cuando salí del aula de castigo ese día, Sam me estaba esperando. En cuanto la vi, sonrió. Yo estaba atontado. No podía creer que ella estuviera allí de verdad. Entonces, vi que se giraba y le lanzaba a Brad una mirada llena de frialdad.

Brad dijo:

—Dile que lo siento.

Sam repuso:

—Díselo tú mismo.

Brad apartó la vista y se fue caminando hacia su coche. Entonces Sam se acercó a mí y me revolvió el pelo.

—Bueno, escuché que eres una especie de ninja.

Creo que asentí.

Sam me llevó a casa en su camioneta. En el camino, me contó que estaba muy enojada conmigo por hacerle lo que le hice a Mary Elizabeth. Me contó que Mary Elizabeth es amiga suya desde hace mucho tiempo. Hasta me recordó que Mary Elizabeth estuvo a su lado cuando pasó aquella época tan dura de la que me habló cuando me regaló la máquina de escribir. No quiero repetir lo que fue.

En fin, dijo que cuando la besé a ella en vez de a Mary Elizabeth, arruiné su amistad durante un tiempo. Porque supongo que yo le gustaba un montón a Mary Elizabeth. Me dio pena, porque no tenía ni idea de que yo le gustara tanto. Pensaba que solo quería descubrirme todas aquellas cosas geniales. Entonces fue cuando Sam dijo:

—Charlie, a veces eres muy tonto. ¿Lo sabes?

—Sí. La verdad es que sí. Lo sé. En serio.

Después dijo que Mary Elizabeth y ella ya lo habían superado, y me agradeció que hubiera seguido el consejo de Patrick y que me haya mantenido alejado durante este tiempo, porque había facilitado las cosas. Así que luego dije:

—Entonces, ¿podemos volver a ser amigos?

—Claro —fue lo único que respondió.

—¿Y de Patrick?

—Y de Patrick.

—¿Y del resto de la gente?

—Y del resto de la gente.

Fue entonces cuando me eché a llorar. Pero Sam me dijo que parara.

—¿Te acuerdas de lo que le dije a Brad?

—Sí. Le dijiste que tenía que ser él quien se disculpara con Patrick.

—Eso también va por Mary Elizabeth.

—Lo intenté, pero me dijo...

—Ya sé que lo intentaste. Te estoy diciendo que lo vuelvas a intentar.

—De acuerdo.

Sam me dejó en casa. Cuando estuvo tan lejos como para no verme, me eché a llorar otra vez. Porque volvía a ser mi amiga. Y eso me bastaba. Así que me prometí a mí mismo que no volvería a enredar las cosas. Y no lo volveré a hacer. Eso te lo aseguro.

Cuando esta noche fui a *The Rocky Horror Picture Show*, fue muy tenso. No por Mary Elizabeth. Por esa parte estuvo bien. Le dije que lo sentía, y luego le pregunté si había algo que quisiera decirme. Y, como siempre, le hice una pregunta y conseguí una larguísima respuesta. Cuando terminé de escuchar (la escuché de verdad), le volví a decir que lo sentía. Entonces me dio las gracias por no quitarle importancia a lo que hice ofreciéndole un montón de excusas. Y las cosas volvieron a la normalidad, salvo porque quedamos solo como amigos.

Para serte sincero, creo que la causa principal de que hayamos quedado bien es que Mary Elizabeth ha empezado a salir con uno de los amigos de Craig. Se llama Peter y va a la universidad, con lo que Mary Elizabeth está feliz. En la fiesta en el departamento de Craig oí por casualidad que le decía a Alice que estaba mucho más contenta con Peter porque tenía "sus propias opiniones" y mantenían debates. Dijo que yo era muy dulce y comprensivo, pero que nuestra relación era demasiado unidireccional. Ella quería una persona que estuviera más abierta a la discusión y que no necesitara que le dieran permiso para hablar.

Me dieron ganas de reír. O quizá de enfadarme. O quizá de encogerme de hombros por lo rara que es la gente, y sobre todo yo. Pero estaba en una fiesta con mis amigos, así que tampoco le di mucha importancia. Solamente bebí, porque me pareció que ya era el momento de dejar de fumar tanta hierba.

Lo que provocó la tensión aquella noche fue que Patrick oficialmente dejó el papel de Frank'N Furter en la obra. Dijo que no quería volver a hacerlo... nunca. Así que se sentó y vio el espectáculo entre el público conmigo, y dijo cosas que me dolió escuchar, porque Patrick normalmente no es infeliz.

—¿Has pensado alguna vez, Charlie, que nuestro grupo es igual que cualquier otro grupo, como el del equipo de futbol? ¿Y que lo único que verdaderamente nos distingue es la ropa que llevamos y por qué la llevamos?

—¿Sí? —pregunté. Y hubo una pausa.

—Bueno, creo que todo son pendejadas.

Y lo decía en serio. Era duro ver que hablaba tan en serio.

Un tipo que yo no conocía para nada hizo el papel de Frank 'N Furter. Había sido el sustituto de Patrick durante mucho tiempo, y ahora tenía su oportunidad. Era muy bueno, también. No tan bueno como Patrick, pero muy bueno.

Con mucho cariño,
Charlie

11 de mayo de 1992

Querido amigo:

He estado pasando mucho tiempo con Patrick estos días. En realidad, no he hablado mucho. Más bien he escuchado y asentido, porque Patrick necesita hablar. Pero no es como con Mary Elizabeth. Es distinto.

Empezó el sábado por la mañana después del espectáculo. Estaba en la cama intentando descubrir por qué a veces te puedes despertar y volverte a dormir y otras veces no puedes. Entonces, mi madre llamó a la puerta.

—Tu amigo Patrick está al teléfono.

Así que me levanté y me quité el sueño de encima.

—Hola.

—Vístete. Voy para allá.

Clic. Eso fue todo. La verdad es que tenía mucho que hacer, ya que se estaba acercando el final de curso, pero parecía que íbamos a tener una especie de aventura, así que me vestí de todas formas.

Patrick estacionó el coche diez minutos más tarde. Llevaba puesta la misma ropa que la noche anterior. No se había bañado ni nada. Ni siquiera creo que se fuera a la cama. Estaba completamente despierto gracias al café, los cigarros y las Mini Thins, que son esas pastillitas que puedes comprar en las gasolineras. ¡Te mantienen despierto! Tampoco son ilegales, pero te dan sed.

Así que me subí en el coche de Patrick, que estaba lleno de humo. Me ofreció un cigarro, pero dije que no delante de mi casa.

—¿Tus padres no saben que fumas?

—No. ¿Deberían?

—Supongo que no.

Entonces empezó a manejar... rápido.

Al principio, Patrick apenas habló. Solo escuchaba música en el radiocassette. Cuando empezó la segunda canción, le pregunté si era el último *mixtape* que le había hecho por el Amigo Invisible en Navidad.

—He estado escuchándola toda la noche.

Patrick sonreía de oreja a oreja. Era una sonrisa enfermiza. Vidriosa y atontada. Subió el volumen. Y condujo más rápido.

—Te contaré algo, Charlie. Me siento bien. ¿Sabes a lo que me refiero? Realmente bien. Como si me hubiera liberado, o algo así. Como si no tuviera que fingir más. Me voy de aquí para ir a la universidad, ¿verdad? Allí todo será diferente. ¿Sabes a lo que me refiero?

—Sí —dije.

—He estado pensando toda la noche en qué tipo de pósters quiero colgar en mi habitación de la residencia. Y si tendré una pared de ladrillo visto. Siempre he querido una pared de ladrillo visto, para poder pintarla. ¿Sabes a lo que me refiero?

Esta vez solamente asentí, porque no esperaba de verdad un "sí".

—Las cosas allí serán distintas. Tienen que serlo.

—Lo serán —dije.

—¿Lo crees de verdad?

—Sí.

—Gracias, Charlie.

Así fue más o menos todo el día. Fuimos a ver una película. Y comimos pizza. Y cada vez que Patrick empezaba a estar cansado, bebíamos café y él se tomaba una Mini Thin o dos. Cuando afuera empezó a oscurecer, me enseñó todos los lugares en los que él y Brad se encontraban. No me habló mucho de ellos. Solo los miraba.

Acabamos en el campo de golf.

Nos sentamos en el *green* del hoyo dieciocho, que estaba muy alto en una colina, y contemplamos cómo desaparecía el sol. En este momento, Patrick ya había comprado una botella de vino tinto con su identificación falsa, y nos la fuimos pasando. No hicimos más que hablar.

—¿Has oído la historia de Lily? —preguntó.

—¿Quién?

—Lily Miller. No sé cuál era su nombre real, pero la llamaban Lily. Estaba por entrar a la universidad cuando yo iba a primero de prepa.

—Creo que no.

—Pensaba que tu hermano te la habría contado. Es un clásico.

—A lo mejor.

—Ok. Detenme si ya la conoces.

—Ok.

—Pues Lily sube hasta aquí con un tipo que era el protagonista de todas las obras de teatro.

—¿Parker?

—Exacto, Parker. ¿Cómo lo sabías?

—Mi hermana estaba enamorada de él.

—¡Perfecto! —nos estábamos emborrachando bastante—. Pues Parker y Lily suben aquí una noche. ¡Y están tan enamorados! Él incluso le había regalado su pin de actor o algo así.

195

A estas alturas, de las carcajadas que da, Patrick está escupiendo vino entre frases.

—Incluso tenían una canción. Algo como *Broken Wings,* de ese grupo, Mr. Mister. Ni siquiera lo sé, pero espero que fuera *Broken Wings,* porque así la historia sería perfecta.

—Sigue —lo animé.

—Ok, ok —dio un trago—. Bueno, han estado saliendo durante mucho tiempo, y creo que incluso se habían acostado ya, pero esta iba a ser una noche especial. Ella había preparado un pequeño picnic, y él había traído un radiocassette para poner *Broken Wings.*

Lo de esa canción era superior a sus fuerzas. Se estuvo riendo durante diez minutos.

—Ok, ok. Lo siento. Así que hacen el picnic con sándwiches y todo. Empiezan a fajar. Suena la música, y están ya a punto de "hacerlo" cuando Parker se da cuenta de que ha olvidado los condones. Están los dos desnudos en este *green.* Los dos se desean. No hay condones. Así que ¿tú qué crees que pasó?

—No lo sé.

—¡Lo hicieron de perrito con una bolsa de plástico de sándwich!

—¡NO! —fue lo único que pude decir.

—¡SÍ! —fue la réplica de Patrick.

—¡DIOS! —fue mi contestación.

—¡SÍ! —fue la conclusión de Patrick.

Después de que se nos pasara la risa suelta y de perder la mayoría del vino escupiendo de risa, volteó hacia mí.

—¿Y quieres saber lo mejor?

—¿Qué?

—Que ella era la primera de la clase. ¡Y todos conocían esta historia cuando subió al escenario para dar el discurso de graduación!

No hay nada como respirar hondo después de reírte tanto. Nada en el mundo como el dolor de estómago por una buena causa. Tan genial había sido.

Así que Patrick y yo compartimos todas las historias que pudimos recordar.

Había un chico llamado Barry que solía construir cometas en la clase de arte. Luego, después de clase, ataba petardos a la cometa y la hacía volar y la explotaba. Ahora está estudiando para ser controlador aéreo.

Historia de Patrick, a través de Sam

Y también había un chico que se llamaba Chip que gastó todo su dinero de la paga y de Navidades y varios cumpleaños para comprar material para matar bichos y estuvo yendo de puerta en puerta preguntando si podía matar bichos gratis.

Historia mía, a través de mi hermana

Había un tío llamado Carl Burns al que todo el mundo llamaba C. B. Y un día C. B. se emborrachó tanto en una fiesta que intentó "tirarse" al perro del anfitrión.

Historia de Patrick

Y había un tío al que llamaban "Paja Jack" porque al parecer lo cacharon masturbándose en una fiesta donde todos estaban muy borrachos. Y cada vez que se reunían los alumnos para animar al equipo de futbol, la gente aplaudía y cantaba: ¡Paja Jack... plas plas plas... Paja Jack!

Historia mía, a través de mi hermano

Hubo otras historias y otros nombres. "Stacey Méteme Mano", que tenía pecho en cuarto de primaria y dejaba que algunos chicos se los tocaran. Vincent, que tomó LSD e intentó tirar un sofá al excusado. Sheila, que según cuentan se masturbó con un perrito caliente y tuvo que ir a urgencias. La lista seguía y seguía.

Cuando ya terminábamos, en lo único que podía pensar era en lo que esa gente debe de sentir cuando va a los encuentros de antiguos alumnos. Me pregunto si les da vergüenza, y si ese es el pequeño precio que hay que pagar por ser una leyenda.

Después de que nos despejáramos un poco la borrachera con café y Mini Thins, Patrick me llevó en coche a casa. El *mixtape* que le hice tocó un montón de canciones de invierno. Y Patrick volteó hacia mí.

—Gracias, Charlie.

—De nada.

—No. Me refiero a la cafetería.

—De nada.

Después de aquello, nos quedamos en silencio. Me condujo a casa y paró el coche en el camino de entrada. Nos dimos un abrazo de buenas noches y cuando estaba a punto de irme, me apretó un poco más fuerte. Y giró la cara hacia la mía. Y me besó. Un beso de verdad. Después, se separó con mucha lentitud.

—Lo siento.

—No. Está bien.

—En serio. Lo siento.

—No, de verdad. No te preocupes.

Entonces, dijo "gracias" y me volvió a abrazar. Y movió la cabeza para besarme otra vez. Y yo lo dejé. No sé por qué. Nos quedamos en su coche durante un buen rato.

No hicimos nada más que besarnos. Y ni siquiera duró mucho. Al cabo de un rato, sus ojos perdieron el atontamiento vidrioso del vino o el café o del hecho de no haberse acostado la noche anterior. Después, empezó a llorar. Después, empezó a hablar sobre Brad.

Y yo lo dejé. Porque para eso están los amigos.

Con mucho cariño,
Charlie

—

17 de mayo de 1992

Querido amigo:

Parece que cada mañana desde aquella primera noche me levanto embotado, y me duele la cabeza, y no puedo respirar. Patrick y yo hemos estado pasando mucho tiempo juntos. Bebemos un montón. Bueno, más bien Patrick bebe y yo doy sorbitos.

Es duro ver a un amigo pasándola tan mal. Y más si no puedes hacer nada aparte de "estar ahí". Quiero hacer que deje de sufrir, pero no puedo. Así que no me queda otra que acompañarlo cuando quiere enseñarme su mundo.

Una noche Patrick me llevó a un parque donde los hombres van a encontrarse entre ellos. Patrick me dijo que si no quería que me molestaran que no mirara a nadie a los ojos. Dijo que mediante el contacto visual es como se acuerda ligar anónimamente. Nadie habla. Solo buscan sitios adonde ir. Al cabo de un rato, Patrick vio a alguien que le gustaba. Me preguntó si necesitaba cigarros, y cuando dije que no, me dio una palmadita en el hombro y se alejó con este chico.

Yo me quedé sentado en un banco, mirando a mi alrededor. No veía más que sombras de personas. Algunas en el suelo. Algunas junto a un árbol. Algunas solo caminando. Todo estaba muy silencioso. Después de unos minutos, encendí un cigarro y oí un susurro.

—¿Tienes un cigarro de sobra? —preguntó la voz.

Me volví y vi a un hombre oculto por la sombra.

—Claro —dije.

Estiré el brazo para pasarle al hombre un cigarro. Lo tomó.

—¿Tienes fuego? —dijo.

—Claro —contesté, y encendí un cerillo para él.

En vez de inclinarse a encender el cigarro, se acercó para cubrir el cerillo con nuestras manos, algo que todos hacemos cuando hace viento. Pero no hacía viento. Creo que solo quería tocar mis manos porque, mientras encendía el cigarro, lo hizo durante mucho más tiempo del necesario. A lo mejor quería que viera su cara bajo el resplandor de la cerilla. Para que viera lo guapo que era. No lo sé. Me resultó familiar. Pero no podía averiguar de qué lo conocía.

Apagó el cerillo de un soplido.

—Gracias —y exhaló el humo.

—De nada —dije.

—¿Te importa si me siento? —preguntó.

—La verdad es que no.

Se sentó. Y dijo algunas cosas. Y fue su voz. Reconocí su voz. Así que encendí otro cigarro y volví a mirar su cara, e hice memoria, y entonces fue cuando lo averigüé. ¡Era el tío que presenta los deportes en las noticias de la televisión!

—Bonita noche —dijo.

¡No podía creerlo! Supongo que logré asentir con la cabeza, porque siguió hablando. ¡De deportes! Estuvo hablando de lo malo que era tener el bateador designado en beisbol y por qué el basquetbol era un éxito comercial y qué equipos parecían prometedores dentro del futbol universitario. ¡Hasta mencionó el nombre de mi hermano! ¡Lo juro!

Lo único que dije yo fue:

—Y... ¿cómo es salir en la televisión?

Debió de ser la frase equivocada porque de pronto se levantó y se fue. Fue una pena, porque quería preguntarle si creía que mi hermano iba a llegar al futbol profesional.

Otra noche, Patrick me llevó a un sitio donde venden *poppers,* que es una droga que se inhala. Se les habían acabado los *poppers,* pero el tipo detrás del mostrador dijo que tenían algo que era igual de bueno. Así que Patrick lo compró. Estaba en una lata de aerosol. Ambos lo aspiramos una vez, y juro que los dos pensamos que íbamos a morir de un ataque al corazón.

En general, creo que Patrick me llevó por casi todos los sitios que hay que no habría conocido de otra manera. Un karaoke de una de las calles principales del centro. Una discoteca. El cuarto de baño de un gimnasio. Todos esos sitios. A veces, Patrick ligaba con chicos. A veces no. Dijo que era muy difícil hacerlo con seguridad. Y que nunca se sabe.

Las noches en las que ligaba con alguien siempre lo entristecían. Es duro, además, porque Patrick empezaba cada noche muy animado. Siempre decía que se sentía libre. Y que esa noche estaba predestinada. Y cosas así. Pero al final de la noche, se ponía triste. A veces, hablaba sobre Brad. A veces no. Después de un rato, todo perdía interés para él, y se le acababan las cosas que lo mantenían atontado.

Bueno, pues esta noche me dejó en casa. Ha sido la noche en la que volvimos al parque donde se encontraban los hombres. Y la noche en la que vio a Brad allí con un tipo. Brad estaba demasiado metido en lo que estaba haciendo como para fijarse en nosotros. Patrick no dijo nada. No hizo nada. Solo volvió caminando al coche. Y regresamos en silencio. Por el camino, lanzó la botella de vino por la ventana. Y cayó al suelo estrepitosamente. Y esta vez no intentó besarme como todas las noches. Solo me dio las gracias por ser su amigo. Y se alejó conduciendo.

Con mucho cariño,
Charlie

21 de mayo de 1992

Querido amigo:

El curso está a punto de terminar. Nos queda más o menos un mes. Pero a los que están por ir a la universidad como mi hermana y Sam y Patrick solo les queda un par de semanas. Luego, tienen el baile de fin de curso y la graduación, y están todos muy ocupados haciendo planes.

Mary Elizabeth va a llevar a su nuevo novio, Peter. Mi hermana llevará a Erik. Patrick va con Alice. Y Craig accedió a ir con Sam esta vez. Incluso han rentado una limusina y todo. Aunque mi hermana no. Ella va a ir en el coche nuevo de su novio, que es un Buick.

Bill se ha puesto muy sentimental últimamente porque siente que su primer año de enseñanza está llegando a su fin. Al menos, eso es lo que me ha dicho. Tenía la intención de mudarse a Nueva York y escribir obras de teatro, pero me dijo que ya no está seguro de querer hacerlo. Le gusta mucho enseñar Literatura a los chicos, y cree que tal vez pueda encargarse también del departamento de Teatro el año que viene.

Supongo que ha estado pensando mucho en esto porque no me dio ningún libro para leer desde *El extranjero.* Eso sí, me pidió que viera un montón de películas, y que escribiera una redacción sobre lo que pensaba de todas ellas. Las películas eran *El graduado, Harold y Maude, Mi vida como un perro* (¡que tiene subtítulos!), *La sociedad de los Poetas Muertos,* y una película llamada *La increíble verdad,* que fue muy difícil de encontrar.

Vi todas las películas en un día. Fue bastante padre.

La redacción que escribí fue muy parecida a las últimas redacciones que escribí porque todo lo que Bill me dice que lea o vea es muy parecido. Salvo cuando me hizo leer *El almuerzo desnudo.*

Por cierto, me dijo que me había dado ese libro porque acababa de romper con su novia y se sentía filosófico. Supuse que esa era la razón de que estuviera triste aquella tarde cuando hablamos de *En el camino.* Me pidió disculpas por haber dejado que su vida privada afectara su docencia, y las acepté porque no sabía qué otra cosa hacer. Es raro pensar en tus profesores como personas, incluso tratándose de Bill. Supongo que desde eso se reconcilió con su novia. Ahora están viviendo juntos. Por lo menos, eso es lo que me ha dicho.

Bueno, en la prepa Bill me dio mi último libro para leer este curso. Se llama *El manantial,* y es muy largo.

Al darme el libro, Bill me dijo:

—Sé escéptico con este. Es un libro buenísimo. Pero intenta ser un filtro, no una esponja.

A veces creo que Bill se olvida de que tengo dieciséis años. Pero me alegro mucho de que lo haga.

No he empezado a leerlo todavía porque estoy muy retrasado con mis otras clases, después de haber pasado tanto tiempo con Patrick. Pero si puedo ponerme al día, terminaré mi primer año de prepa con puros Sobresalientes, que es algo que me hace muy feliz. Casi no conseguí Sobresaliente en mate, pero entonces Mr. Carlo me dijo que dejara de preguntar "¿por qué?" todo el tiempo y que simplemente siguiera las fórmulas. Así que lo hice. Ahora saco la nota máxima en todos mis exámenes. Ojalá supiera para qué sirven las fórmulas. Sinceramente, no tengo ni idea.

Estaba pensando antes que al principio empecé a escribirte porque me daba miedo empezar la prepa. Hoy me siento bien, lo que es curioso.

Por cierto, Patrick dejó de beber aquella noche que vio a Brad en el parque. Supongo que se encuentra mejor. Solo quiere graduarse e irse a la universidad ya.

Vi a Brad en el aula de castigo el lunes después de haberlo visto en el parque. Y tenía el mismo aspecto de siempre.

Con mucho cariño,
Charlie

—

27 de mayo de 1992

Querido amigo:

He estado leyendo *El manantial* durante los últimos días, y es un libro excelente. Leí en la contraportada que la autora había nacido en Rusia y vino a América cuando era joven. Apenas hablaba inglés, pero quería ser una gran escritora. Me pareció muy admirable, así que me senté a intentar escribir una historia.

"Ian MacArthur es un tipo maravilloso y encantador que se asoma al mundo con placer a través de sus lentes".

Esa era la primera frase. El problema fue que no se me ocurrió la siguiente. Después de ordenar mi habitación tres veces, decidí dejar a Ian en paz durante un rato porque estaba empezando a enojarme con él.

La semana pasada tuve mucho tiempo para escribir y leer y pensar porque todos están atareados con el baile de fin de curso y la graduación y los horarios del año que viene. El próximo viernes es su último día de clase. Y el baile es el martes, lo que me pareció raro porque pensaba que sería en fin de semana, pero Sam me dijo que las prepas no pueden celebrar sus bailes en la misma noche, porque si no, no habría suficientes smokings y restaurantes para todos. Dije que me parecía muy bien pensado. Y luego el sábado es su graduación. Todo parece muy emocionante. Ojalá me estuviera pasando a mí.

Me pregunto cómo será cuando yo me vaya de aquí. El tener un compañero de habitación y comprar champú. Pensé en lo genial que sería ir a mi baile antes de entrar a la universidad dentro de tres años con Sam. Espero que caiga en viernes. Y espero ser el que dé el discurso en la graduación. Me pregunto cómo sería mi discurso. Y si Bill me ayudaría a hacerlo, si no se fuera a Nueva York a escribir obras de teatro. O a lo mejor lo haría, incluso estando en Nueva York escribiendo obras de teatro. Me parecería todo un detalle de su parte.

No sé. *El manantial* es un libro muy bueno. Espero estar siendo un filtro.

Con mucho cariño,
Charlie

2 de junio de 1992

Querido amigo:

¿Tú tuviste un vandalismo antes de entrar a la universidad? Supongo que sí, porque mi hermana dijo que es una tradición en un montón de prepas. Este año, el vandalismo fue el siguiente: algunos del último año echaron en la alberca alrededor de seis mil sobres de jugo de uva en polvo Kool-Aid. No tengo ni idea de a quién se le ocurren estas cosas o por qué, solo sé que el vandalismo del último año al parecer marca el fin de curso. Qué tiene esto que ver con una alberca llena de jugo me sobrepasa, pero me alegré mucho de no tener natación.

La verdad es que está siendo una época muy emocionante, porque todos hemos estado muy ocupados terminando el curso. Este viernes es el último día de prepa para todos mis amigos y mi hermana. Han estado hablando sin parar del baile de fin de curso. Incluso la gente como Mary Elizabeth a las que les parece una "farsa" no deja de hablar sobre "la farsa" que es. Es muy gracioso presenciarlo.

Pues en estas fechas ya todo el mundo ha resuelto a qué universidad va a ir el año que viene. Patrick va a ir a la Universidad de Washington porque quiere estar cerca del ambiente musical de allí. Dice que cree que quiere trabajar para una compañía discográfica algún día. Quizá ser publicista o la persona que descubre nuevos grupos. Sam por fin decidió marcharse pronto al curso de verano en la universidad de su elección. Me encanta esa expresión. Universidad de su elección. Universidad de reserva es otra de mis favoritas.

El caso es que Sam fue aceptada en dos universidades. La universidad de su elección y una universidad de reserva. Podría haber empezado en la de reserva en otoño, pero para ir a la universidad de su elección tenía que hacer este curso especial de verano, como mi hermano. ¡Eso es! La universidad es Penn State, lo que es genial porque ahora puedo visitar a mi hermano y a Sam en el mismo viaje. No quiero pensar todavía en que Sam se va a ir, pero me pregunté qué pasaría si ella y mi hermano empezaran a salir, lo que es absurdo porque no tienen nada en común, y Sam está enamorada de Craig. Tengo que dejar de hacer esto.

Mi hermana va a ir a una "pequeña universidad de Humanidades del Este" llamada Sarah Lawrence. Casi no lo consigue, porque costaba mucho dinero, pero entonces logró una beca académica a través del Rotary Club o el Moose Lodge o algo parecido, lo que me pareció muy generoso de su parte. Mi hermana va a ser la segunda de su clase. Yo creía que iba a ser la mejor, pero tuvo un Notable cuando pasó por esa mala racha con su ex novio.

Mary Elizabeth va a ir a Berkeley. Y Alice va a estudiar cine en la Universidad de Nueva York. Yo ni siquiera sabía que le gustaran las películas, pero supongo que es cierto. Las llama "*films*".

Por cierto, terminé *El manantial*. Ha sido una experiencia realmente fantástica. Es extraño describir la lectura de un libro como una experiencia realmente fantástica, pero es que me hizo sentir así. Era un libro distinto a los demás porque no trataba sobre ser adolescente. Y no era como *El extranjero* o *El almuerzo desnudo*, aunque me ha parecido filosófico de cierta manera. Pero no era como si tuvieras que esforzarte en buscar la filosofía. Era muy directa, me pareció, y lo mejor es que tomé lo que la autora escribió y lo apliqué a mi propia vida. Quizá eso es lo que significa ser un filtro. No estoy seguro.

Había una parte en la que el protagonista, que es un arquitecto, está sentado en un barco con su mejor amigo, que es un magnate de la prensa. Y el magnate dice que el arquitecto es un hombre muy frío. El arquitecto replica que si el barco se estuviera hundiendo, y solo hubiera sitio para una persona en el bote salvavidas, con mucho gusto entregaría su vida por el magnate de la prensa. Y luego dijo algo así...

"Moriría por usted. Pero no viviré para usted".

Algo así. Creo que la idea es que cada hombre o mujer tiene que vivir su propia vida y luego decidir si la comparte con los demás. Tal vez es eso lo que hace a la gente "involucrarse". No estoy muy seguro. Porque no sé si a mí me molestaría vivir para Sam una temporada. Aunque pensándolo bien, ella no querría que yo lo hiciera, así que quizá el mensaje del libro sea mucho más agradable de lo que parece. Al menos eso espero.

Le hablé a mi psiquiatra del libro y de Bill y de Sam y Patrick y todas sus universidades, pero él insiste en hacerme preguntas sobre mi niñez. El caso es que siento que no hago más que repetirle los mismos recuerdos. No sé. Dice que es importante. Ya veremos.

Escribiría un poco más hoy, pero tengo que aprenderme las fórmulas de mate para el examen final del jueves. ¡Deséame suerte!

Con mucho cariño,
Charlie

5 de junio de 1992

Querido amigo:

Quería hablarte de nosotros corriendo. Había una puesta de sol preciosa. Y estábamos en la colina. La colina que hay que subir para llegar al *green* del hoyo dieciocho donde Patrick y yo escupimos vino de la risa. Y solo unas horas antes, Sam y Patrick y toda la gente que quiero y que conozco tuvo su último día de prepa para siempre. Y yo estaba muy contento porque ellos estaban contentos. Mi hermana incluso me dejó abrazarla en el pasillo. La palabra del día fue "Felicidades". Pues Sam y Patrick y yo fuimos al Big Boy y fumamos cigarros. Después, fuimos caminando, haciendo tiempo hasta que llegara el momento de ir al *Rocky Horror.* Y estuvimos hablando de cosas que en ese momento parecían importantes. Y nos quedamos mirando esa colina. Y entonces Patrick empezó a correr hacia la puesta de sol. Y Sam inmediatamente lo siguió. Y yo vi sus siluetas. Persiguiendo al sol. Entonces, me eché a correr. Y todo fue mejor imposible.

Aquella noche, Patrick decidió hacer de Frank'N Furter una última vez. Estaba tan feliz de ponerse el disfraz... y todo el mundo se alegró de que hubiera decidido hacerlo. Fue bastante conmovedor, la verdad. Hizo la mejor actuación que yo le había visto jamás. Quizá no sea objetivo, pero no me importa. Fue el espectáculo que recordaré siempre. Especialmente su última canción.

La canción se llamaba *I'm Going Home.* En la película, Tim Curry, que interpreta al personaje, llora durante esa canción. Pero Patrick estaba sonriendo. Y quedó perfecto.

Incluso persuadí a mi hermana para que viniera al espectáculo con su novio. He estado intentando conseguir que venga desde que empecé a ir, pero no nunca lo hizo. Aunque esta vez sí. Y como ni ella ni su novio habían visto antes el espectáculo, eran técnicamente "vírgenes", con lo que tendrían que hacer un montón de cosas humillantes para ser "iniciados" antes de que empezara el espectáculo. Decidí no decírselo a mi hermana, y ella y su novio tuvieron que subir al escenario e intentar bailar el *Time Warp.*

Quien perdiera el concurso de baile tenía que fingir que tenía sexo con un enorme muñeco Gumby de peluche, así que inmediatamente les enseñé a mi hermana y a su novio cómo bailar el *Time Warp,* para que no perdieran el concurso. Fue gracioso ver a mi hermana bailar el *Time Warp* en el escenario, pero no creo que hubiera sido capaz de verla fingiendo hacerlo con un gran Gumby de peluche.

Le pregunté a mi hermana si quería venir a la casa de Craig para la fiesta que había después, pero dijo que uno de sus amigos iba a dar una fiesta, así que iría a esa. Me pareció bien, porque al menos había venido al espectáculo. Y antes de marcharse, me volvió a abrazar. ¡Dos abrazos en un día! Cómo quiero a mi hermana. Sobre todo cuando se porta bien.

La fiesta en la casa de Craig fue genial. Craig y Peter compraron champaña para homenajear a todos los que se estaban graduando. Y bailamos. Y charlamos. Y vi a Mary Elizabeth besar a Peter con cara de felicidad. Y vi a Sam besar a Craig con cara de felicidad. Y vi que a Patrick y a Alice ni siquiera les importaba no besar a nadie porque estaban demasiado emocionados hablando de sus futuros.

Entonces me limité a sentarme allí con una botella de champaña junto al reproductor de CDs, y estuve cambiando las canciones para que fueran con el espíritu de lo que estaba viendo. Tuve suerte, también, porque Craig tiene una excelente colección de discos. Cuando la gente parecía un poco cansada, ponía algo divertido. Cuando parecía que quería hablar, ponía algo suave. Fue una forma genial de sentarme a solas en una fiesta y aun así sentirme parte de ella.

Después de la fiesta, todos me dieron las gracias porque les parecía que había sido la música perfecta. Craig dijo que debería ser DJ para sacar algo de dinero mientras todavía estaba en el instituto, igual que él es modelo. Pensé que era una buena idea. Tal vez podría ahorrar un montón para poder ir a la universidad incluso si no funcionara lo del Rotary Club o el Moose Lodge.

Mi hermano dijo hace poco por teléfono que si llega al futbol profesional no tendré que preocuparme en absoluto del dinero para la universidad. Dijo que él se encargaría de ello. Tengo muchas ganas de ver a mi hermano. Vuelve a casa para la ceremonia de graduación de mi hermana, que es un gran detalle.

Con mucho cariño,
Charlie

9 de junio de 1992

Querido amigo:

Es la noche del baile de fin de curso. Y estoy sentado en mi habitación. Ayer fue duro, porque ya no conocía a nadie pues todos mis amigos y mi hermana acabaron las clases.

Lo peor fue la hora de comer, que me recordó cuando todos estaban enojados conmigo a causa de Mary Elizabeth. Ni siquiera pude comerme mi lonche, y eso que mi madre preparó mi favorito porque creo que sabía lo triste que iba a estar ahora que todos se han ido.

Los pasillos parecían distintos. Y los de tercero de prepa se comportaban también de forma distinta porque ahora son los mayores. Incluso se hicieron camisetas. No sé a quién se le ocurren estas cosas.

No puedo hacer más que pensar en que Sam se va dentro de dos semanas a la Universidad de Penn State. Y Mary Elizabeth va a estar ocupada con su nuevo chico. Y mi hermana va a estar ocupada con el suyo. Y Alice y yo no somos muy amigos. Sé que Patrick estará cerca, pero me temo que tal vez ahora que no está triste no quiera pasar tiempo conmigo. Sé que está mal pensarlo, pero eso parece a veces. Así que la única persona con la que podría hablar sería mi psiquiatra, y ahora mismo no se me antoja la idea porque sigue haciéndome preguntas sobre mi infancia, y están empezando a ser raras.

Tengo suerte de tener tanta tarea que hacer y que así no me quede demasiado tiempo para pensar.

Solo espero que esta noche sea genial para la gente para la que tiene que serlo. El novio de mi hermana apareció en su Buick, y llevaba un frac blanco con "faldones" sobre un traje negro, que por alguna razón no quedaba bien. Su "fajín" (no sé cómo se escribe) hacía juego con el vestido de mi hermana, que era azul celeste y escotado. Me recordó aquellas revistas. Tengo que parar de desvariar así. Vamos.

Solo espero que mi hermana se sienta guapa, y que su nuevo chico la haga sentirse guapa. Espero que Craig no haga que Sam sienta que su baile de graduación no es especial por el hecho de que él sea mayor. Lo mismo espero de Mary Elizabeth con Peter. Espero que Brad y Patrick decidan hacer las paces y bailen delante de la prepa entera. Y que Alice en secreto sea lesbiana y esté enamorada de la novia de Brad, Nancy (y viceversa), para que nadie se sienta excluido. Espero que el DJ sea tan bueno como todo el mundo dijo que yo fui el viernes pasado. Y espero que las fotos de todos sean fantásticas y que nunca se conviertan en fotografías antiguas y nadie tenga un accidente de coche.

Eso es lo que de verdad espero.

Con mucho cariño,
Charlie

10 de junio de 1992

Querido amigo:

Acabo de volver a casa después de las clases y mi hermana sigue todavía dormida por la fiesta que organizaba la prepa para después del baile. Llamé por teléfono a la casa de Patrick y Sam, pero ellos también siguen durmiendo. Patrick y Sam tienen un teléfono inalámbrico que siempre tiene poca batería, y la madre de Sam sonaba como una madre de los dibujos animados de *Snoopy.* Waaa Waaa Wuuu...

Hoy tuve dos exámenes finales. Uno de Biología, en el que creo que saqué la nota máxima. El otro en la clase de Bill. El examen era sobre *El Gran Gatsby.* Lo único que me resultó difícil del examen fue que me hizo leer el libro hace tanto tiempo que me costó recordarlo.

Después de entregar el examen, le pregunté a Bill si quería que le hiciera una redacción sobre *El manantial,* ya que le había dicho que lo había terminado y él no me había pedido que hiciera nada. Dijo que no sería justo hacerme escribir otra redacción teniendo tantos exámenes esta semana. En su lugar, me invitó a su casa para pasar el mediodía del sábado con su novia y con él, lo que suena divertido.

Entonces, el viernes iré al *Rocky Horror.* Después, el sábado, me pasaré por la casa de Bill. Luego, el domingo, veré cómo todos se gradúan y estaré con mi hermano y toda mi familia por la graduación de mi hermana. Después, probablemente vaya a la casa de Sam y Patrick para celebrar la suya. Luego tendré dos días más de clases, lo que no tiene lógica porque ya habré terminado todos mis exámenes. Pero tienen preparadas algunas actividades. Por lo menos eso he oído.

La razón por la que estoy planificando con anticipación es porque me siento horriblemente solo en la prepa. Creo que ya lo dije antes, pero cada día se está haciendo más cuesta arriba. Tengo dos exámenes mañana. Historia y Mecanografía. Después, el viernes, tendré los exámenes de las clases que me quedan, como Educación Física y Pretecnología. No sé si habrá exámenes de verdad en esas clases. Sobre todo en Pretecnología. Creo que Mr. Callahan solo nos pondrá algunos de sus viejos vinilos. Hizo lo mismo cuando íbamos a tener un parcial, pero nada será igual sin Patrick haciendo *playback*. Por cierto, tuve un diez en mi examen de mate de la semana pasada.

Con mucho cariño,
Charlie

—

13 de junio de 1992

Querido amigo:

Acabo de volver de la casa de Bill. Te habría contado esta mañana lo que pasó anoche, pero tenía que ir a la casa de Bill.

Anoche, Craig y Sam terminaron.

Fue muy triste verlo. Durante los últimos días, he oído hablar mucho sobre el baile, y gracias a esos sitios para revelar fotos en veinticuatro horas, he visto cómo iba cada uno. Sam estaba preciosa. Patrick muy guapo. Mary Elizabeth, Alice y el novio de

Mary Elizabeth estaban todos fantásticos también. Lo único fue que Alice se puso desodorante en barra de color blanco con un vestido sin tirantes y se le veía. No creo que importen ese tipo de cosas, pero al parecer Alice se paranoiqueó con ello toda la noche. Craig también estaba guapo, pero llevaba traje en vez de smoking. Sin embargo, no terminaron por eso.

En realidad, parece que el baile salió muy bien. La limusina resultó increíble, y su conductor les dio marihuana a todos, con lo que la cena cara les supo mejor todavía. Se llamaba Billy. La música del baile la puso una banda de *covers* realmente mala llamada The Gypsies of the Allegheny, pero el baterista era bueno, así que todo el mundo se la pasó bien bailando. Patrick y Brad ni siquiera cruzaron la mirada, pero Sam dijo que a Patrick no le importó.

Después del baile, mi hermana y su novio se fueron a la fiesta que organizaba la prepa para después. Era en una discoteca conocida del centro. Dijo que fue superdivertido con todos tan elegantes y bailando la música buena que ponía un DJ en vez de The Gypsies of the Allegheny. Incluso había un comediante que hacía imitaciones. Lo único malo fue que una vez que te metías en la fiesta no podías salir y volver a entrar. Supongo que los padres pensaron que eso evitaría que sus hijos se metieran en problemas. Pero a nadie pareció importarle. Se la pasaron increíble, y además había mucho que metían alcohol a escondidas.

Después de la fiesta, a las siete en punto de la mañana todos se fueron al Big Boy a por tortitas o tocino.

Le pregunté a Patrick qué le había parecido la fiesta, y dijo que fue muy divertida. Dijo que Craig había reservado una suite de hotel para todos ellos, pero que al final solo fueron Craig y Sam. De hecho, Sam quería ir a la fiesta que organizaba la prepa, pero Craig se enojó mucho porque ya había pagado por la suite de hotel. Sin embargo, no terminaron por eso.

Pasó ayer en la casa de Craig después del *Rocky Horror*. Como ya te conté, el novio de Mary Elizabeth, Peter, es muy amigo de Craig, y parece que se metió en medio. Supongo que le gusta de verdad Mary Elizabeth y ha llegado a apreciar a Sam bastante porque fue él el que lo destapó todo. La gente ni lo sospechaba.

Básicamente, Craig había estado poniéndole el cuerno a Sam desde que empezaron a salir. Y cuando digo poner el cuerno, no me refiero que se emborrachara una vez y se metiera con una chica y luego se sintiera culpable. Hubo varias chicas. Varias veces. Borracho y sobrio. Y creo que nunca se sintió culpable.

La causa de que Peter no dijera nada al principio fue porque no conocía a nadie. Y no conocía a Sam. Pensaba que solo era una chica tonta de prepa, ya que eso fue lo que Craig siempre le dijo.

Bueno, pues después de conocer a Sam, Peter no dejó de decirle a Craig que tenía que contarle la verdad, porque no era solo una chica tonta de prepa. Craig siempre prometía que lo haría, pero nunca lo hacía. Siempre encontraba excusas. Craig las llamaba "razones".

"No quiero arruinarle el baile de fin de curso".

"No quiero arruinarle la graduación".

"No quiero arruinarle el espectáculo".

Y al final, Craig dijo que no tenía sentido contarle nada de nada. Ella estaba a punto de dejar la ciudad para irse a una universidad. Encontraría otro novio nuevo. Él siempre había tomado "precauciones" con las otras chicas. No había nada por lo cual preocuparse en ese sentido. ¿Y por qué no dejar que Sam tuviera un buen recuerdo de toda la experiencia? Porque Sam le gustaba mucho y no quería herir sus sentimientos.

Peter consintió esta lógica aunque le pareciera mal. Al menos, eso es lo que dijo. Pero entonces, después del espectáculo de ayer, Craig le dijo que se había metido con otra chica la tarde del baile. Ahí fue cuando Peter le dijo a Craig que si Craig no le decía algo a Sam, lo haría él. En fin, Craig no dijo nada, y Peter siguió pensando que aquello no era asunto suyo, pero entonces escuchó una conversación de Sam en la fiesta. Estaba hablando con Mary Elizabeth de que Craig podría ser "el hombre de su vida" y de que estaba pensando qué hacer para que la relación funcionara a distancia mientras ella estuviera en la universidad. Cartas. Llamadas de teléfono. Vacaciones. Y puentes. Para Peter, esa fue la gota que derramó el vaso.

Se acercó a Craig y le dijo:

—O le dices algo ahora, o se lo contaré todo.

Así que Craig llevó a Sam a su dormitorio. Estuvieron allí durante un rato. Después, Sam fue directamente desde el dormitorio hasta la puerta principal, sollozando en silencio. Craig no salió corriendo detrás de ella. Esa probablemente fue la peor parte. No es que crea que debería haber intentado volver con ella, pero sí haber corrido detrás de ella de todas formas.

Solo sé que Sam estaba destrozada. Mary Elizabeth y Alice la siguieron para asegurarse de que estaba bien. Yo también habría ido, pero Patrick me agarró del brazo para que me quedara. Quería saber qué estaba ocurriendo, supongo, o a lo mejor pensó que Sam estaría mejor en compañía femenina.

Pero me alegro de que nos quedáramos, porque creo que nuestra presencia evitó una pelea bastante violenta entre Craig y Peter. Gracias a que estábamos allí, lo único que hicieron fue gritarse el uno al otro. Así fue cómo oí la mayoría de los detalles que te estoy contando.

Craig decía:

—¡Jódete, Peter! ¡jódete!

Y Peter decía:

—No me eches la culpa a mí de haberle puesto el cuerno desde el principio. ¡¿La tarde de su baile de graduación?! ¡No eres más que un cabrón! ¡¿Me oíste?! ¡Un pinche cabrón!

Ese tipo de cosas.

Cuando pareció que la situación se iba a poner violenta, Patrick se puso entre los dos y, con mi ayuda, sacó a Peter del apartamento. Cuando salimos, las chicas se habían ido. Así que Patrick y yo nos subimos al coche de Patrick y llevamos a Peter a casa. Todavía estaba furioso, así que "despotricó" contra Craig. Así fue cómo oí el resto de los detalles que te estoy contando. Al final, dejamos a Peter en su casa y nos hizo prometerle que nos aseguraríamos de que Mary Elizabeth no pensara que él la estaba engañando, porque no era así. No quería que le creyera "culpable por asociación" con ese "pendejo".

Se lo prometimos, y entró en el edificio donde estaba su departamento.

Patrick y yo no sabíamos bien qué era lo que Craig le había contado a Sam exactamente. Ambos deseamos que le hubiera dado una versión "light" de la verdad. Lo suficiente para alejarla de él. Pero no lo suficiente para hacer que perdiera la fe en todo. Quizá sea mejor saber toda la verdad. Sinceramente, no lo sé.

Entonces hicimos un pacto para no contárselo a no ser que descubriéramos que Craig había hecho que pareciera "una nadería" y Sam estuviera dispuesta a perdonarlo. Espero que no llegue a ese punto. Espero que Craig le contara lo suficiente para alejarla de él.

Dimos vueltas en coche por todos los lugares donde pensamos que podríamos encontrar a las chicas, pero no las vimos. Patrick pensó que probablemente estarían dando vueltas en coche, intentando que Sam se "enfriara" un poco.

Así que me dejó en casa. Dijo que me llamaría mañana cuando se enterara de algo.

Recuerdo que me fui a dormir anoche y me di cuenta de algo. Algo que me parece importante. Me di cuenta de que durante el transcurso de la noche no me alegré de que Craig y Sam terminaran. Nada de nada.

No me pasó por la cabeza que significara que yo podría empezar a gustarle a Sam. Lo único que me importó fue que la hayan hecho sufrir. Y creo que me di cuenta en ese momento de que realmente la quería. Porque no salía ganando nada, y no me importaba.

Fue difícil subir los escalones hasta la casa de Bill aquella tarde porque no había recibido ninguna llamada de Patrick en toda la mañana. Y estaba muy preocupado por Sam. Había llamado por teléfono, pero no había nadie.

Bill parece otro sin traje. Llevaba puesta su vieja camiseta de la universidad donde hizo la maestría. Que era Brown. La universidad. No la maestría. Su novia llevaba sandalias y un bonito vestido de flores. Hasta tenía pelo en las axilas. ¡En serio! Parecían muy felices juntos. Y me alegré por Bill.

Su casa no tenía muchos muebles, pero era muy cómoda. Tenían montones de libros, sobre los que pasé media hora haciéndoles preguntas. Había también una foto de Bill y su novia cuando estaban juntos en Brown haciendo la maestría. Bill por entonces tenía el pelo muy largo.

La novia de Bill hizo la comida mientras Bill preparaba la ensalada. Yo me senté en la cocina, bebiendo ginger ale y contemplándolos. La comida era un plato de espaguetis de algún tipo porque la novia de Bill no come carne. Bill tampoco come carne ahora. Aunque la ensalada tenía trocitos de beicon artificial para vegetarianos, porque el beicon es lo único que ambos echan de menos.

Tenían una colección muy buena de discos de jazz, y los estuvieron poniendo durante toda la comida. Después de un rato, abrieron una botella de vino blanco y me dieron otro ginger ale. Entonces empezamos a charlar.

Bill me preguntó por *El manantial,* y le respondí, asegurándome de haber sido un filtro.

Después me preguntó qué me había parecido mi primer año de instituto, y le respondí, asegurándome de incluir todas las historias en las que me había "involucrado".

Después me preguntó sobre chicas, y le respondí lo enamorado que estaba de Sam, y que me preguntaba lo que diría la mujer que escribió *El manantial* sobre cómo llegué a darme cuenta de que la quería.

Cuando terminé, Bill se quedó muy callado. Carraspeó.

—Charlie... Quiero darte las gracias.

—¿Por qué? —dije.

—Porque ha sido una experiencia maravillosa enseñarte.

—Ah... me alegro ——no sabía qué otra cosa decir.

Entonces, Bill hizo una pausa muy larga, y su voz sonó como la de mi padre cuando quiere tener una conversación importante.

—Charlie —dijo—. ¿Sabes por qué te di tanto trabajo extra?

Negué con la cabeza. Aquella expresión en su cara. Me dejó sin palabras.

—Charlie, ¿sabes lo listo que eres?

Negué con la cabeza de nuevo. Estaba hablando en serio. Resultaba raro.

—Charlie, eres una de las personas con más talento que he conocido jamás. Y no lo digo en comparación con mis otros estudiantes. Lo digo en comparación con todas las personas que he conocido. Por eso te di ese trabajo extra. Quería saber si te habías dado cuenta.

—Supongo que sí. No lo sé —me sentía muy raro. No sabía a qué venía todo eso. Solo había hecho algunas redacciones.

—Charlie. Por favor, no me malinterpretes. No intento hacerte sentir incómodo. Solo quiero que sepas que eres muy especial... y la única razón por la que te lo digo es que no sé si alguien más te lo ha dicho alguna vez.

Levanté la vista hacia él. Y entonces no me sentí raro. Sentí como ganas de llorar. Estaba siendo tan bueno conmigo... y la forma en la que su novia me miraba... supe que esto significaba mucho para él. Y no sabía por qué.

—Así que, cuando el curso termine y deje de ser tu profesor, quiero que sepas que si alguna vez necesitas algo, o quieres descubrir más libros, o quieres enseñarme cualquier cosa que escribas o cualquier cosa en general, siempre puedes acudir a mí como un amigo. Te considero un amigo, Charlie.

Empecé a llorar un poco. De hecho, creo que su novia también. Pero Bill no. Parecía muy firme. Solo recuerdo las ganas de abrazarlo. Pero nunca lo había hecho antes, y supongo que Patrick y las chicas y la familia no cuentan. No dije nada durante un rato porque no sabía qué decir.

Así que, finalmente, me limité a comentar:

—Tú eres el mejor profesor que he tenido nunca.

Y él dijo:

—Gracias.

Y eso fue todo. Bill no insistió en que lo visitara el año que viene si necesitaba algo. No me preguntó por qué lloraba. Solo me dejó entender a mi manera lo que tenía que decirme y dejó las cosas ser. Eso fue probablemente lo mejor.

Después de unos minutos llegó el momento de que me fuera. No sé quién decide estas cosas. Simplemente ocurren.

Así que fuimos a la puerta y la novia de Bill me dio un abrazo de despedida, que fue un detalle muy bonito teniendo en cuenta que no la conocía más que de hoy. Entonces Bill extendió la mano y yo se la agarré. Y nos dimos un apretón de manos. E incluso le robé un abrazo rápido antes de decir "adiós".

Cuando iba manejando a casa, pensaba solamente en la palabra "especial". Y pensé que la última persona que había dicho eso de mí había sido mi tía Helen. Me sentía lleno de gratitud por haberla oído otra vez. Porque supongo que a todos se nos olvidan las cosas a veces. Y creo que todo el mundo es especial a su manera. Lo creo de verdad.

Mi hermano vuelve a casa esta noche. Y la graduación de todo el mundo es mañana. Patrick todavía no ha llamado. Le llamé yo, pero seguía sin haber nadie en casa. Así que decidí salir y comprar regalos de graduación para todos. No he tenido tiempo de hacerlo hasta ahora.

Con mucho cariño,
Charlie

—

16 de junio de 1992

Querido amigo:

Acabo de volver a casa en autobús. Hoy era mi último día de clase. Y llovía. Cuando voy en autobús, normalmente me siento en medio, porque he oído que sentarte delante es de matados y sentarte detrás es de gandallas, y todo esto me pone nervioso. No sé cómo llaman a los "matados" en otras prepas.

En cualquier caso, hoy decidí sentarme delante con las piernas sobre el asiento entero. Estaba medio recostado con la espalda en la ventana. Lo hice para poder mirar al resto de la gente del autobús. Me alegro de que los autobuses escolares no tengan cinturones de seguridad, o si no, no habría podido hacerlo.

Lo único que noté es lo cambiados que estaban todos. Cuando éramos pequeños, solíamos cantar canciones en el autobús de vuelta a casa el último día de curso. La canción favorita era una de Pink Floyd, lo descubrí más tarde, llamada *Another*

Brick in the Wall, Part II. Pero había otra canción que nos gustaba todavía más porque acababa con una grosería. Era así:

No más lápices / no más libros / no más miradas sucias de profesores / cuando el profesor toque la campana / tiren los libros y corran como cabrones.

Cuando terminábamos, mirábamos al conductor durante un segundo lleno de tensión. Entonces, nos echábamos todos a reír porque sabíamos que podíamos meternos en un lío por haber dicho una palabrota, pero al ser tantos evitaríamos cualquier castigo. Éramos demasiado pequeños para saber que al conductor le daba igual nuestra canción. Que lo único que quería era irse a casa después del trabajo. Y quizá dormir la mona de lo que había bebido en la comida. En aquella época daba igual. Los matados y los gandallas estaban unidos.

Mi hermano volvió a casa el sábado por la noche. Y estaba incluso más cambiado que los chicos del autobús escolar en comparación con el principio de curso. ¡Tenía barba! ¡Me alegré tanto! También sonreía diferente y era más "caballeroso". Todos nos sentamos a cenar, y cada uno le hizo preguntas sobre la universidad. Papá le preguntó por el futbol. Mamá le preguntó por las clases. Yo le pregunté por todas las anécdotas divertidas. Mi hermana le hizo preguntas nerviosas sobre cómo es "de verdad" la universidad y si ganaría los "siete kilos de novata". No sé lo que significa, pero supongo que se refiere a lo que engordas.

Esperaba que mi hermano se pusiera a hablar y hablar de sí mismo durante un rato largo. Solía hacerlo cada vez que había un partido importante en la prepa, o el baile de graduación, o algo. Pero parecía mucho más interesado en cómo estábamos nosotros, especialmente mi hermana con su graduación.

Así que mientras todos hablaban, de pronto me acordé del presentador de las noticias de deportes y de lo que había dicho sobre mi hermano. Me emocioné un montón. Y se lo conté a toda mi familia. Y esto fue lo que pasó como consecuencia.

Mi padre dijo:

—¡Hey! ¡Fíjate en esto!

Mi hermano dijo:

—¿En serio?

Yo dije:

—Sí. Estuve hablando con él.

Mi hermano dijo:

—¿Dijo algo bueno?

Mi padre dijo:

—Cualquier noticia ya es buena noticia.

No sé de dónde saca mi padre estas cosas.

Mi hermano insistió:

—¿Qué dijo?

Yo dije:

—Bueno, creo que dijo que los equipos universitarios presionan mucho a los estudiantes que los conforman —mi hermano asentía—. Pero dijo que eso forja el carácter. Y dijo que Penn State tenía una pinta buenísima con su alineación. Y te mencionó.

Mi padre dijo:

—¡Hey! ¡Fíjate en esto!

Mi hermano dijo:

—¿En serio?

Yo dije:

—Sí. Estuve hablando con él.

Mi hermano dijo:

-¿Cuándo hablaste con él?

Dije:

—Hace un par de semanas.

Y entonces me quedé helado porque de pronto recordé el resto. El hecho de haber conocido a ese hombre en el parque de noche. Y el hecho de que le di uno de mis cigarros. Y el hecho de que estuviera intentando ligar conmigo. Me quedé ahí sentado, esperando que cambiaran de tema. Pero no hicieron.

—¿Dónde lo conociste, cariño? —preguntó mi madre.

Del silencio que se hizo en la habitación se podía oír el vuelo de una mosca. Y me imité lo mejor posible cuando no puedo recordar algo. Y esto es lo que me pasaba por la cabeza:

"Bueno... vino al instituto a dar una charla en la clase... no... mi hermana sabría que es mentira... lo conocí en el Big Boy... estaba con su familia... no... mi padre me echaría la bronca por molestar al 'pobre hombre'... lo dijo en un noticiero... pero dije que estuve hablando con él... espera..."

—En el parque. Fui con Patrick —dije.

Mi padre dijo:

—¿Estaba allí con su familia? ¿Molestaste al pobre hombre?

—No. Estaba solo.

Aquello fue suficiente para mi padre y para todos los demás, y ni siquiera tuve que mentir. Afortunadamente, la atención se desvió de mí cuando mi madre dijo lo que le gusta decir cuando estamos todos juntos celebrando algo.

—¿A quién se le antoja un helado?

A todos excepto a mi hermana. Creo que está preocupada por los "siete kilos de novata".

La mañana siguiente empezó temprano. Todavía no había tenido noticias de Patrick ni de Sam ni de nadie, pero supe que los vería en la graduación, así que intenté no preocuparme demasiado. Todos mis familiares, incluidos los del lado paterno de Ohio, vinieron a casa alrededor de las diez. Las dos familias en realidad no se caen nada bien, salvo nosotros los primos más jóvenes porque somos unos ingenuos.

Hicimos un gran *brunch* con champaña, e igual que el año pasado por la graduación de mi hermano, mi madre le dio a su padre (mi abuelo) jugo de manzana espumoso en vez de champaña porque no quería que se emborrachara e hiciera una escenita. Y él dijo lo mismo que había dicho el año pasado:

—Esta champaña es buena.

No creo que notara la diferencia, porque es bebedor de cerveza. A veces, de whisky.

Alrededor de las doce y media, el *brunch* ya había acabado. Los primos fueron los que manejaron, porque los adultos estaban todavía algo borrachos para conducir hasta la graduación. Excepto mi padre, que había estado demasiado ocupado grabándolos a todos con una cámara que había rentado en el videoclub.

—¿Por qué comprar una cámara cuando solo la necesitas tres veces al año?

En fin, mi hermana, hermano, padre, madre y yo, cada uno tuvo que ir en un coche distinto para asegurarnos de que nadie se perdiera. Yo fui con todos mis primos de Ohio, que enseguida sacaron un "churro" y lo circularon. No fumé nada porque no tenía ganas, y dijeron lo que siempre dicen:

—Charlie, eres un gallina.

Bueno, todos los coches se quedaron en el estacionamiento, y todos salimos. Y mi hermana le gritó a mi primo Mike por bajar la ventanilla mientras conducía y despeinarla.

—Estaba fumando un cigarro —fue su respuesta.

—¿No podías esperar diez minutos? —fue la de mi hermana.

—Es que la canción era genial —fue su última palabra.

Entonces, mientras mi padre sacaba la videocámara de la cajuela y mi hermano hablaba con algunas de las chicas que se graduaban, que eran un año mayores y "eran atractivas", mi hermana fue a buscar a mi madre para agarrarle la bolsa. Lo increíble de la bolsa de mi madre es que necesites lo que necesites en un momento dado, lo tiene. Cuando yo era pequeño, solía llamarla el "botiquín de primeros auxilios", porque eso era todo lo que necesitábamos entonces. Sigo sin averiguar cómo lo hace.

Después de retocarse, mi hermana siguió la senda de birretes de graduación hasta el campo de futbol, y todos nos abrimos paso hasta las gradas. Yo me senté entre mi madre y mi hermano, ya que mi padre se había ido a buscar un mejor ángulo para la cámara. Y mi madre estuvo todo el rato callando a mi abuelo, que no dejaba de hablar de la cantidad de negros que había en la prepa.

Como no podía detenerlo, mencionó mi historia sobre el presentador de deportes del noticiero hablando de mi hermano. Esto hizo que mi abuelo llamara a mi hermano para que se acercara a hablar del tema. Fue muy inteligente por parte de mi madre, porque mi hermano es la única persona que puede conseguir que mi abuelo deje de hacer un numerito, ya que no se muerde la lengua. Después de la anécdota, esto fue lo que pasó...

—¡Dios mío! Mira esas gradas. Cuánta gente negra... —mi hermano lo interrumpió.

—Ya, abuelo. Vamos a hacer un trato. Si nos avergüenzas otra vez, voy a llevarte en coche de vuelta al asilo y no verás nunca a tu nieta dar un discurso —mi hermano es un hueso muy duro de roer.

—Pero entonces tú tampoco verás el discurso, señor importante... —mi abuelo también es un hueso muy duro de roes.

—Sí, pero mi padre lo está grabando todo. Y puedo arreglármelas para conseguir ver la cinta, y tú no. ¿Verdad?

Mi abuelo tiene una sonrisa muy rara. Sobre todo cuando es otro el que gana. No dijo nada más sobre el tema. Solo empezó a hablar de futbol y ni siquiera mencionó que mi hermano jugaba en un equipo con chicos negros. No te imaginas lo mal que la pasamos el año pasado, ya que mi hermano estaba en el campo graduándose en vez de en las gradas poniendo en paz a mi abuelo.

Mientras hablaban de futbol, estuve buscando a Patrick y a Sam, pero lo único que podía ver eran veía birretes de graduación en la distancia. Cuando empezó la música, los birretes empezaron a marchar hacia las sillas plegables que habían colocado en el campo. Fue entonces cuando por fin vi a Sam andando detrás de Patrick. Fue un alivio. No te podría decir si la vi feliz o triste, pero me bastó verla y saber que estaba allí.

Cuando todos los chicos se sentaron en las sillas, paró la música. Y Mr. Small se levantó y dio un discurso sobre lo maravillosa que había sido esa generación. Mencionó algunos logros que había conseguido el instituto, e hizo hincapié en que necesitaban ayuda en la venta de pasteles del Día de la Comunidad para recaudar fondos para una nueva aula de computación. Luego presentó a la presidenta de la generación, que dio un discurso. No sé lo que hacen los presidentes de generación, pero la chica dio un discurso muy bueno.

Entonces llegó el momento de que los cinco alumnos más destacados dieran su discurso. Esa es la tradición de la prepa. Mi hermana era segunda de su clase, así que dio el cuarto discurso. El mejor estudiante va siempre al final. Entonces, Mr. Small y el subdirector, que Patrick jura que es gay, entregaron los diplomas.

Los primeros tres discursos fueron muy parecidos. Todos citaban canciones pop que tenían algo que ver con el futuro. Y durante los discursos, me fijé en las manos de mi madre. Las apretaba entre sí cada vez con más fuerza.

Cuando anunciaron el nombre de mi hermana, mi madre estalló en un aplauso. Fue realmente fantástico ver a mi hermana subir al estrado, porque mi hermano fue algo así como el número 223 de su generación y, por consiguiente, no llegó a dar un discurso. Y quizá no sea objetivo, pero cuando mi hermana citó una canción pop y habló del futuro, sonó genial. Le eché una mirada a mi hermano, y él me la echó a mí. Y los dos sonreímos. Entonces, vimos a mi madre, y estaba hundida en un silencioso mar de lágrimas, así que mi hermano y yo le agarramos una mano cada uno. Nos miró y sonrió y lloró con más ganas. Entonces, ambos apoyamos la cabeza en sus hombros, como un abrazo lateral, lo que la hizo llorar todavía más. O quizá la dejó llorar todavía más. No estoy seguro de cuál. Pero nos dio un pequeño apretón en las manos y dijo "mis niños", muy suavemente, y volvió a llorar. Quiero tanto a mi madre. No me importa si es cursi decirlo. Creo que en mi próximo cumpleaños voy a comprarle un regalo. Creo que esa debería ser la tradición. El hijo recibe regalos de todo el mundo y él compra uno para su madre, ya que ella también estuvo allí. Creo que sería bonito.

Cuando mi hermana terminó su discurso, todos aplaudimos y gritamos, pero nadie aplaudió ni gritó más fuerte que mi abuelo. Nadie.

No recuerdo lo que dijo el mejor de la generación, salvo que citó a Henry David Thoreau en vez de una canción pop.

Entonces, Mr. Small se levantó en el estrado y pidió a todos que se abstuvieran de aplaudir hasta que se hubieran leído todos los nombres y entregado todos los diplomas. Debería mencionar que esto tampoco funcionó el año pasado.

Así que vi a mi hermana recoger su diploma y a mi madre llorar otra vez. Y luego vi a Mary Elizabeth. Y vi a Alice. Y vi a Patrick. Y vi a Sam. Fue un día genial. Incluso cuando vi a Brad. No me molestó.

Todos nos encontramos con mi hermana en el estacionamiento, y el primero que la abrazó fue mi abuelo. Es un hombre muy orgulloso a su manera. Todos dijeron cuánto les había gustado el discurso de mi hermana, incluso si no era cierto. Entonces, vimos a mi padre atravesar el estacionamiento llevando triunfalmente la videocámara por encima de su cabeza. No creo que nadie le diera un abrazo más largo a mi hermana que mi padre. Yo miré alrededor buscando a Sam y Patrick, pero no pude encontrarlos por ningún lado.

En el camino de vuelta a casa para la fiesta, mis primos de Ohio encendieron otro churro. Esta vez, le di un jalón, pero me siguieron llamando "gallina". No sé por qué. A lo mejor es que los primos de Ohio es lo que hacen. Eso y contar chistes.

—¿Qué tiene treinta y dos piernas y un diente?

—¿Qué? —preguntamos todos.

—Una fila de desempleados en el oeste de Virginia*.

Cosas así.

Cuando llegamos a casa, mis primos de Ohio fueron directo por las bebidas, porque las graduaciones parecen ser la única ocasión en la que todos pueden beber. Por lo menos así fue el año pasado y este. Me pregunto cómo será mi graduación. Parece que queda muy lejos.

Bueno, mi hermana pasó la primera hora de la fiesta abriendo todos los regalos, y su sonrisa crecía con cada cheque, suéter o billete de cincuenta dólares. Nadie es rico en nuestra familia, pero parece que todo el mundo ahorra lo suficiente para este tipo de eventos, y todos fingimos ser ricos por un día.

Los únicos que no le dimos a mi hermana dinero o un suéter fuimos mi hermano y yo. Mi hermano le prometió llevarla un día a comprar cosas para cuando se vaya a la universidad, como jabón, que pagaría él, y yo le compré una casita de piedra tallada a mano y pintada en Inglaterra. Le dije que quería regalarle algo que la hiciera sentir como en casa incluso después de irse. Mi hermana me dio un beso en la mejilla por el detalle.

---

* Nota del traductor: en EE UU esta región es conocida por sus altos niveles de pobreza. El estereotipo de sus habitantes tiene la boca en tan mal estado que carece de varios dientes.

Pero lo mejor de la fiesta fue cuando mi madre se acercó a mí y me dijo que tenía una llamada. Fui al teléfono.

—¿Diga?

—¿Charlie?

—¡Sam!

—¿Cuándo vas a venir? —preguntó.

—¡Ahora! —dije.

Entonces, mi padre, que estaba bebiendo un *whisky sour,* gruñó:

—Tú no vas a ir a ningún lado hasta que tus familiares se vayan. ¿Me oyes?

—Este... Sam... tengo que esperar hasta que mis familiares se vayan —dije.

—De acuerdo... Estaremos aquí hasta las siete. Después te llamaré desde dondequiera que estemos —Sam sonaba verdaderamente feliz.

—De acuerdo, Sam. ¡Felicidades!

—Gracias, Charlie. Adiós.

—Adiós.

Colgué el teléfono.

Te lo juro, creí que mis familiares no se iban a ir nunca. Cada anécdota que contaban. Cada rollito de salchicha que se comían. Cada fotografía que veían, y cada vez que oía decir "cuando eras así de alto" con el gesto correspondiente. Era como si el reloj se parara. No es que me molestaran las anécdotas, porque no era así. Y los rollitos de salchicha la verdad es que estaban muy buenos. Pero quería ver a Sam.

Alrededor de las 21:30 todos estaban saciados y sobrios. A las 21:45 se acabaron los abrazos. A las 21:50 la puerta de la casa estaba ya despejada de coches. Mi padre me dio veinte dólares y las llaves de su Oldsmobile, diciendo:

—Gracias por quedarte. Significaba mucho para mí y para la familia.

Estaba entonado, pero lo decía de verdad. Sam me había dicho que iba a una discoteca del centro. Así que cargué en la cajuela los regalos para todos, me subí en el coche y me alejé manejando.

El túnel que lleva al centro de la ciudad tiene algo especial. De noche, es magnífico. Simplemente magnífico. Empiezas a un lado de la montaña, y está oscuro, y la radio está alta. Al entrar en el túnel, el viento desaparece y las luces del techo te hacen entrecerrar los ojos. Cuando te adaptas a las luces, puedes ver a lo lejos el otro lado mientras el sonido de la radio se atenúa hasta desparecer porque las ondas no llegan hasta allí. Entonces, estás en medio del túnel, y todo se transforma en un sueño tranquilo. Aunque ves cómo se acerca la salida, parece que tardas muchísimo en llegar. Y por fin, cuando ya pensabas que nunca llegarías, ves la salida justo delante de ti. Y la radio vuelve con más volumen del que recordabas. Y el viento te está esperando. Y sales volando del túnel para llegar al puente. Y ahí está. La ciudad. Un millón de luces y edificios y todo parece tan emocionante como la primera vez que la viste. Es verdaderamente una gran entrada en escena.

Después de pasar alrededor de media hora dando vueltas por la discoteca, por fin vi a Mary Elizabeth con Peter. Ambos estaban bebiendo whisky con refresco, que Peter había comprado porque es mayor y le habían sellado la mano. Felicité a Mary Elizabeth y le pregunté dónde estaba todo el mundo. Me dijo que Alice se estaba poniendo en el baño de chicas, y que

Sam y Patrick estaban bailando en la pista. Dijo que me sentara hasta que volvieran, porque no sabía exactamente dónde estaban. Así que me senté y escuché a Peter discutir con Mary Elizabeth sobre los candidatos demócratas. De nuevo, me pareció que el reloj se paraba. Necesitaba tanto ver a Sam...

Después de tres canciones más o menos, Sam y Patrick volvieron, completamente bañados de sudor.

—¡Charlie!

Me levanté, y nos abrazamos todos como si no nos hubiéramos visto en meses. Teniendo en cuenta todo lo que había pasado, supongo que es normal. Después de soltarnos, Patrick se tiró sobre Peter y Mary Elizabeth como si fueran un sofá. Luego le quitó a Mary Elizabeth el whisky de la mano y se lo bebió.

—¡Oye, imbécil! —fue su respuesta.

Creo que estaba borracho, aunque no ha estado bebiendo últimamente, pero Patrick hace también ese tipo de cosas sobrio, así que nunca se sabe.

Entonces fue cuando Sam me agarró la mano.

—¡Me encanta esta canción!

Me llevó a la pista de baile. Y empezó a bailar. Y empecé a bailar. Era una canción rápida, así que no lo hice muy bien, pero no pareció importarle. Solo bailábamos, y eso era suficiente. La canción terminó, y luego vino una lenta. Me miró. Yo la miré. Entonces, me tomó de las manos y me atrajo hacia sí para bailar lento. Tampoco sé muy bien cómo bailar una lenta, pero sí sé balancearme.

Su susurro olía a jugo de arándanos y vodka.

—Te estuve buscando hoy en el estacionamiento.

Deseé que el mío todavía oliera a pasta de dientes.

—Yo también te estuve buscando a ti.

Después nos quedamos callados durante el resto de la canción. Me agarró un poco más fuerte. Yo la agarré un poco más fuerte a ella. Y seguimos bailando. Fue el único momento en todo el día en el que realmente quise que el reloj se parara. Y estar así durante mucho tiempo.

Después de la discoteca, volvimos al departamento de Peter, y le entregué a todos sus regalos de graduación. Le di a Alice un libro de cine sobre *La Noche de los Muertos Vivientes*, que le gustó, y le di a Mary Elizabeth una cinta de *Mi vida como un perro* con subtítulos, que le encantó.

Luego, le di a Patrick y a Sam sus regalos. Hasta los había envuelto de forma especial. Había utilizado la sección de tiras cómicas del periódico del domingo, porque es a color. Patrick destrozó el papel para abrir el suyo. Sam no lo rompió. Solo despegó la cinta adhesiva. Y ambos miraron lo que había en el interior de cada caja.

Le había regalado a Patrick *En el camino*, *El almuerzo desnudo*, *El extranjero*, *A este lado del paraíso*, *Peter Pan*, y *Una paz solo nuestra*.

Le había regalado a Sam *Matar un ruiseñor*, *El guardián entre el centeno*, *El Gran Gatsby*, *Hamlet*, *Walden* y *El manantial*.

Debajo de los libros había una tarjeta que escribí utilizando la máquina que me compró Sam. Las tarjetas decían que aquellos eran mis ejemplares de todos mis libros favoritos, y que quería que Sam y Patrick los tuvieran porque eran mis dos personas favoritas del mundo entero.

Cuando ambos levantaron la vista de la lectura, se quedaron callados. Nadie sonrió ni lloró ni hizo nada. Nos quedamos sencillamente abiertos, mirándonos mutuamente. Sabían que decía en serio lo que había escrito en las tarjetas. Y yo sabía que significaba mucho para ellos.

—¿Qué dicen las tarjetas? —preguntó Mary Elizabeth.

—¿Te importa, Charlie? —preguntó Patrick.

Negué con la cabeza, y ambos leyeron sus tarjetas mientras fui a llenar mi taza de café con vino tinto.

Cuando volví, todos me miraron, y les dije:

—Los voy a echar mucho de menos. Espero que se la pasen increíble en la universidad.

Y después empecé a llorar porque de repente me di cuenta de que se iban a ir todos. Creo que Peter piensa que soy un poco raro. Entonces, Sam se levantó y me llevó a la cocina, diciéndome por el camino que todo estaba "bien". Cuando llegamos a la cocina, ya me había calmado un poco.

Sam dijo:

—¿Sabes que me voy dentro de una semana, Charlie?

—Sí. Lo sé.

—No empieces a llorar otra vez.

—Ok.

—Quiero que me escuches.

—Ok.

—Me da mucho miedo estar sola en la universidad.

—¿De verdad? —pregunté. Nunca me lo había planteado.

—Igual que tú tienes miedo de estar solo aquí.

—Ajá —asentí.

—Así que te propongo un trato. Cuando me agobien demasiado las cosas en la universidad, te llamaré, y tú me llamarás cuando te agobien demasiado las cosas aquí.

—¿Podemos escribirnos cartas?

—Claro que sí —dijo.

Entonces me eché a llorar otra vez. A veces soy una auténtica montaña rusa. Pero Sam tuvo paciencia.

—Charlie, voy a volver al final del verano, pero antes de pensar en eso, vamos a disfrutar nuestra última semana juntos. Todos nosotros. ¿De acuerdo?

Asentí y me tranquilicé.

Pasamos el resto de la noche bebiendo y escuchando música como siempre, pero esta vez era en casa de Peter, y fue mejor que en la de Craig, la verdad, porque la colección de discos de Peter es mejor. Fue cerca de la una de la madrugada cuando se me ocurrió de repente.

—¡Oh, Dios mío! —dije.

—¿Qué pasa, Charlie?

—¡Mañana tengo clase!

No creo que pudiera haberlos hecho reír más fuerte.

Peter me llevó a la cocina para hacer café y así despejarme para manejar a casa. Me tomé alrededor de ocho tazas seguidas y estuve listo para conducir en unos veinte minutos. El problema fue que, cuando llegué a casa, estaba tan despierto por el café que no me pude dormir. Para cuando llegué a la prepa estaba que me moría. Afortunadamente los exámenes habían terminado, y lo único que hicimos en todo el día fue ver documentales educativos. Creo que nunca he dormido mejor. Me alegré, también, porque la prepa es muy solitaria sin ellos.

Hoy ha sido distinto porque no he dormido y no conseguí ver a Sam ni a Patrick anoche porque tuvieron una cena especial con sus padres. Y mi hermano tenía una cita con una de las chicas que "era atractiva" en la ceremonia de graduación. Mi hermana estaba ocupada con su novio. Y mis padres estaban todavía cansados de la fiesta de graduación.

Hoy, prácticamente casi todos los profesores han dejado que los alumnos estemos sin hacer nada y charlemos después de entregar nuestros libros de texto. Sinceramente, no conocía a nadie, excepto quizá a Susan, pero después de aquella vez en el pasillo, me ha estado evitando más que nunca. Así que la verdad es que no hablé. La única clase que estuvo bien fue la de Bill porque tuve la oportunidad hablar con él. Fue difícil despedirme de él cuando terminó la clase, pero dijo que no era una despedida. Podía llamarle cada vez que quisiera durante el verano si quería hablar o pedirle libros, y eso hizo que me sintiera un poco mejor.

Un chico con los dientes torcidos llamado Leonard me llamó "lambiscón" en el pasillo después de la clase de Bill, pero me dio igual porque creo que no había entendido nada.

Me comí el almuerzo afuera, sentado en un banco donde todos solíamos fumar. Después me comí un panqué de chocolate y encendí un cigarro como deseando que alguien me pidiera uno, pero nadie lo hizo.

Cuando terminó la última clase, todo el mundo estaba celebrándolo y haciendo planes en común para el verano. Y todo el mundo vaciaba sus casilleros tirando trabajos viejos y notas y libros en el suelo del pasillo. Cuando llegué a mi casillero, vi al chico flacucho que tuvo el casillero al lado del mía durante todo el año. Nunca había hablado realmente con él.

Me aclaré la garganta y dije:

—Hola. Soy Charlie.

Lo único que dijo fue:

—Lo sé.

Después, cerró la puerta de su casillero y se alejó.

Así que abrí mi casillero, puse todos los trabajos viejos y las cosas en mi mochila, y caminé por el pasillo sobre los desechos de libros y trabajos y notas hasta salir al estacionamiento. Entonces me subí al autobús. Y entonces te escribí esta carta.

La verdad es que me alegro de que el curso haya terminado. Quiero pasar mucho tiempo con todos antes de que se vayan. Sobre todo con Sam.

Por cierto, terminé sacando todo Sobresalientes en el curso entero. Mi madre estaba muy orgullosa y puso mis notas en el refrigerador.

Con mucho cariño,
Charlie

———

22 de junio de 1992

Querido amigo:

La noche antes de que Sam se fuera hizo que toda la semana se me quedara borrosa. Sam estaba histérica porque no solo necesitaba pasar tiempo con nosotros, sino que se tenía que preparar para marcharse. Ir de compras. Hacer maletas. Cosas así.

Cada noche, nos juntábamos todos después de que Sam se despidiera de algún tío suyo o tuviera otra comida con su madre o comprara más cosas para la universidad. Estaba asustada, y hasta que no se tomaba un sorbito de lo que fuera que estuviéramos bebiendo o diera una calada de lo que fuera que estuviéramos fumando, no se tranquilizaba y volvía a ser la misma Sam.

Lo único que realmente ayudó a Sam a pasar la semana fue su comida con Craig. Dijo que quería verla para "cerrar" de alguna manera esa historia, y supongo que tuvo mucha suerte al hacerlo, porque Craig fue tan comprensivo como para decirle que había hecho bien al terminar con él. Y que era una persona especial. Y que lo sentía y le deseaba mucha suerte. Es curioso qué momentos elige la gente para ser generosa.

Lo mejor fue que Sam dijo que no le había preguntado por las chicas con las que podría estar saliendo, aunque quería saberlo. No sentía rencor. Aunque estaba triste. Pero era una tristeza optimista. El tipo de tristeza que solo requiere el paso del tiempo.

La noche antes de marcharse, estuvimos todos allí en la casa de Sam y Patrick. Bob, Alice, Mary Elizabeth (sin Peter) y yo. Nos sentamos en la alfombra de la sala "de juegos", recordando cosas.

¿Te acuerdas del espectáculo en el que Patrick hizo esto... o te acuerdas de cuando Bob hizo aquello... o Charlie... o Mary Elizabeth... o Alice... o Sam...

Los chistes locales ya no eran chistes. Se habían convertido en historias. Nadie sacó a relucir los nombres prohibidos ni los momentos malos. Y nadie se entristecía mientras pudiéramos retrasar el día siguiente con más nostalgia.

Después de un rato, Mary Elizabeth y Bob y Alice se fueron, diciendo que volverían por la mañana para ver cómo Sam se iba. Así que solo quedamos Patrick, Sam y yo. Ahí sentados.

Casi sin hablar. Hasta que empezamos nuestro propio "te acuerdas de cuando".

¿Te acuerdas de cuando Charlie se acercó a nosotros por primera vez en el partido de futbol... y te acuerdas de cuando Charlie desinfló las llantas de Dave en el baile de antiguos alumnos... y te acuerdas del poema... y del mixtape... y Punk Rocky a color... y te acuerdas cuando todos nos sentimos infinitos...

Después de que dije eso, todos nos quedamos callados y tristes. Durante el silencio, recordé una cosa que no le he contado a nadie. Cuando íbamos caminando. Solo nosotros tres. Y yo estaba en medio. No me acuerdo adónde íbamos o de dónde veníamos. Ni siquiera recuerdo en qué estación del año fue. Solo recuerdo caminar entre ellos y sentir por primera vez que formaba parte de algo.

Finalmente, Patrick se levantó.

—Estoy cansado, chicos. Buenas noches.

Entonces nos desordenó el pelo y subió a su habitación. Sam volteó hacia mí.

—Charlie, tengo que meter en la maleta algunas cosas. ¿Te quedarías conmigo un rato?

Asentí, y subimos las escaleras.

Cuando entramos en su habitación, me di cuenta de lo que había cambiado desde la noche en la que Sam me besó. Había quitado las fotos de la pared, y las cómodas estaban vacías, y todo estaba en un gran montón encima de la cama. Me dije a mí mismo que no iba a llorar pasara lo que pasara porque no quería que Sam sintiera más pánico todavía.

Así que solo la contemplé hacer la maleta, e intenté fijarme en el mayor número de detalles posible. Su pelo largo y sus muñecas finas y sus ojos verdes. Quería recordarlo todo. Especialmente el sonido de su voz.

Sam me habló de muchas cosas, intentando distraerse. Habló del largo viaje en carretera que tenía que hacer al día siguiente, y de que sus padres habían alquilado una furgoneta. Se preguntaba cómo serían sus clases y cómo sería eventualmente su carrera. Dijo que no quería unirse a ninguna hermandad femenina pero que tenía ganas de ver los partidos de futbol. Se estaba poniendo cada vez más y más triste. Por fin, se dio la vuelta.

—¿Por qué no me pediste salir cuando ocurrió todo lo de Craig?

Me quedé ahí, en el sitio. No sabía qué decir. Lo dijo en voz baja.

—Charlie ... después de aquello con Mary Elizabeth en la fiesta y nuestro baile en la discoteca y todo...

No sabía qué decir. Sinceramente, no tenía ni idea.

—De acuerdo, Charlie... Te lo pondré más fácil. Cuando pasó todo lo de Craig, ¿qué pensaste? —quería saberlo de verdad.

Dije:

—Bueno, pensé un montón de cosas. Pero sobre todo pensé que el que estuvieras triste era mucho más importante para mí que el que Craig hubiera dejado de ser tu novio. Y si eso significaba que nunca podría pensar en ti de esa manera, siempre que tú fueras feliz, estaría bien. Ahí fue cuando me di cuenta de que te quería de verdad.

Ella se sentó en el suelo conmigo. Habló en voz baja.

—Charlie, ¿no captas? Yo no puedo sentirlo. Es encantador y todo eso, pero a veces es como si ni siquiera estuvieras ahí.

Es genial que puedas escuchar y ser un paño de lágrimas para alguien, pero ¿y si ese alguien no necesita un paño de lágrimas? ¿Y si necesita los brazos o algo así? No puedes quedarte ahí sentado y poner las vidas de todos los demás por delante de la tuya y pensar que eso cuenta como amor. Sencillamente, no puedes. Tienes que hacer cosas.

—¿Como qué? —pregunté. Tenía la boca seca.

—No lo sé. Como agarrarles las manos cuando llega la canción lenta, para variar. O ser el que le pide salir a alguien. O decirle a la gente lo que necesitas. O lo que quieres. Como en la pista de baile, ¿querías besarme?

—Sí —dije.

—Entonces ¿por qué no lo hiciste? —me preguntó muy seria.

—Porque pensaba que tú no querías que lo hiciera.

—¿Por qué lo pensabas?

—Por lo que dijiste.

—¿Por lo que te dije hace nueve meses? ¿Cuándo te dije que no pensaras en mí de esa manera?

Asentí.

—Charlie, también te dije que no le dijeras a Mary Elizabeth que era guapa. Y que le hicieras muchas preguntas y que no la interrumpieras. Ahora está con un tipo que hace justo lo contrario. Y funciona porque así es Peter realmente. Está siendo él mismo. Y actúa.

—Pero a mí no me gustaba Mary Elizabeth.

—Charlie, no me estás entendiendo. Lo que quiero decir es que no creo que hubieras hecho las cosas de otra forma aunque te hubiera gustado Mary Elizabeth. Por ejemplo, puedes acudir al rescate de Patrick y pegarle a dos tipos que están intentando pegarle a él, pero ¿y cuando Patrick se hace daño a sí mismo? Como cuando fuiste a ese parque. O cuando te besaba. ¿Querías que te besara?

Negué con la cabeza.

—¿Entonces por qué lo dejaste?

—Solo intentaba ser su amigo —dije.

—Pero no lo fuiste, Charlie. En esos momentos no estuviste siendo su amigo en absoluto. Porque no fuiste sincero con él.

Me quedé sentado muy quieto. Miré al suelo. No dije nada. Muy incómodo.

—Charlie, te dije que no pensaras en mí de esa manera hace nueve meses por lo que te estoy diciendo ahora. No a causa de Craig. No porque no pensara que fueras genial. Es solo que no quiero ser el amor platónico de nadie. Si le gusto a alguien, quiero que sea mi verdadero yo el que le guste, no lo que piense que soy. Y no quiero que se lo guarde. Quiero que me lo demuestre, para poder sentirlo también. Quiero que sea capaz de hacer lo que quiera hacer estando conmigo. Y si hace algo que no me gusta, se lo diré.

Sam estaba empezando a llorar un poco. Pero no estaba triste.

—¿Sabes que le echaba la culpa a Craig por no dejarme hacer cosas? ¿Sabes lo tonta que me siento ahora por eso? Quizá él no me animaba de verdad a hacerlas, pero tampoco me prohibió nada. Aunque, después de un tiempo, yo no hacía cosas porque no quería que cambiara la idea que él tenía de mí. Lo que quiero decir es que no fui sincera. Así que ¿por qué me iba a importar si me quería o no, cuando ni siquiera llegó a conocerme de verdad?

Levanté la vista hacia ella. Había dejado de llorar.

—Bueno, mañana me voy. Y no voy a dejar que me vuelva a pasar eso con nadie. Voy a hacer lo que quiera hacer. Voy a ser quien soy en realidad. Y voy a averiguar qué soy. Pero ahora mismo estoy aquí contigo. Y quiero saber dónde estás, qué necesitas, y qué quieres hacer.

Esperó pacientemente mi respuesta. Pero después de todo lo que había dicho, me imaginé que debía hacer sencillamente lo que se me antojaba hacer. Sin pensarlo. Sin decirlo en voz alta. Y si no le gustaba, que me lo dijera. Y podíamos continuar haciendo las maletas.

Así que la besé. Y ella me devolvió el beso. Y nos tendimos en el suelo y seguimos besándonos. Y fue dulce. Y gemimos en voz baja. Y nos quedamos en silencio. Y quietos. Subimos a la cama y nos tumbamos sobre todas las cosas que no estaban en las maletas. Y nos tocamos mutuamente sobre la ropa de la cintura para arriba. Y después bajo la ropa. Y después sin ropa. Y fue precioso. Ella era preciosa. Tomó mi mano y la deslizó bajo sus pantalones. Y la toqué. Y yo no lo podía creer. Era como si todo tuviera sentido. Hasta que metió la mano bajo mis pantalones, y me tocó.

Entonces fue cuando la detuve.

—¿Qué pasa? —preguntó-. ¿Te lastimé?

Negué con la cabeza. De hecho, me había gustado. No sabía qué pasaba.

—Lo siento. No pretendía...

—No. No lo sientas —dije.

—Pero me siento mal —dijo.

—Por favor, no te sientas mal. Fue muy bonito —dije. Estaba empezando a enojarme de verdad.

—¿No estás listo? —preguntó.

Asentí. Pero no era eso. No sabía lo que era.

—No pasa nada si no estás listo —dijo. Estaba siendo muy amable conmigo, pero yo me sentía fatal.

—Charlie, ¿quieres irte a casa? —preguntó.

Supongo que asentí porque me ayudó a vestirme. Y después se puso la camisa. Y quise darme cabezazos contra la pared por ser tan infantil. Porque amaba a Sam. Y estábamos juntos. Y lo estaba arruinando todo. Arruinándolo, sin más. Fatal. Me sentía fatal.

Me llevó afuera.

—¿Necesitas que te lleve a casa? —me preguntó. Tenía el coche de mi padre. No estaba borracho. Sam parecía muy preocupada.

—No, gracias.

—Charlie, no te voy a dejar conducir así.

—Lo siento. Caminaré entonces —dije.

—Son las dos de la mañana. Te voy a llevar a casa.

Fue a otra habitación a recoger las llaves del coche. Yo me quedé en el vestíbulo. Quería morirme.

—Estás pálido como un fantasma, Charlie. ¿Quieres agua?

—No. No lo sé —empecé a llorar con ganas.

—Mira. Acuéstate aquí en el sofá —dijo.

Me recostó en el sofá. Trajo un trapo húmedo y me lo puso en la frente.

—Puedes dormir aquí esta noche. ¿De acuerdo?

Sam se ha ido. Y Patrick no volverá a casa en unos días. Y es que me era imposible hablar con Mary Elizabeth ni nadie ni mi hermano ni nadie de mi familia. Excepto tal vez con mi tía Helen. Pero ella no está. Y aunque estuviera, no creo que pudiera hablar tampoco con ella. Porque estoy empezando a sospechar que lo que soñé sobre ella anoche era cierto. Y que, después de todo, las preguntas de mi psiquiatra no eran raras.

No sé lo que debo hacer ahora. Conozco gente que la tiene mucho peor que yo. Lo sé, pero me está asfixiando de todas formas, y no puedo dejar de pensar que el niño pequeño que comía papas fritas con su mamá en el centro comercial va a crecer y a pegarle a mi hermana. Haría cualquier cosa por no pensarlo. Sé que estoy pensando demasiado rápido otra vez, y que está todo en mi cabeza como el trance, pero ahí está, y no se irá. No puedo parar de verlo a él, y él sigue pegándole a mi hermana, y no va a parar, y quiero que pare porque en verdad no quiere hacerlo, pero es que no me escucha y no sé qué hacer.

Lo siento, pero tengo que dejar de escribir ahora esta carta.

Aunque antes quería darte las gracias por ser una de esas personas que escucha y comprende y no intenta acostarse con la gente aun pudiendo hacerlo. Lo digo en serio, y siento haberte hecho pasar por todo esto cuando ni siquiera sabes quién soy, y nunca nos hemos conocido en persona, y no puedo decirte quién soy porque prometí guardar todos esos pequeños secretos. Es solo que no quiero que pienses que escogí tu nombre al azar en la guía telefónica. Me moriría si pensaras eso. Así que por favor, créeme si te digo que me sentí fatal cuando Michael murió, y que vi a una chica en clase que no se fijó en mí, y que estuvo hablándole mucho de ti a una amiga suya. Y aunque no te conocía, sentí como que sí, porque me pareciste una buena persona. El tipo de persona a la que no le importaría recibir cartas de un chico. El tipo de persona que comprendería que son mejor que un diario porque hay comunión, y un diario puede ser descubierto. Pero no quiero que te preocupes por mí, o que pienses que me has conocido, ni que sigas perdiendo el tiempo. Siento mucho haberte hecho perder el tiempo porque la verdad es que significas mucho para mí y espero que seas muy feliz en la vida porque de verdad creo que lo mereces. De verdad lo creo. Espero que tú también lo creas. Bueno, pues ya está. Adiós.

Con mucho cariño,
Charlie

23 de agosto de 1992

Querido amigo:

He estado en el hospital durante los últimos dos meses. Hasta ayer no me dejaron salir. El médico me dijo que mis padres me encontraron en el sofá del salón. Estaba completamente desnudo, sin hacer otra cosa que mirar la televisión, que estaba apagada. No hablaba ni reaccionaba, dijeron. Mi padre incluso me dio una cachetada para despertarme, y como te conté, él nunca pega. Pero no funcionó. Así que me trajeron al hospital donde me ingresaron cuando tenía siete años después de que mi tía Helen murió. Me contaron que estuve sin hablar ni reconocer a nadie durante una semana. Ni siquiera a Patrick, que debió de visitarme durante ese tiempo. Asusta pensarlo.

Lo único que recuerdo es haber echado la carta al buzón. Lo siguiente que supe es que estaba sentado en el consultorio de un médico. Y me acordé de mi tía Helen. Y empecé a llorar. Y el médico, que resultó ser una mujer muy agradable, empezó a hacerme preguntas. Que respondí.

hicieron o no hicieron o por lo que ignoraron. No sé. Supongo que siempre habría alguien a quien culpar. Quizá si mi abuelo no le hubiera pegado, mi madre no sería tan callada. Y quizá no se habría casado con mi padre porque él nunca levanta la mano. Y quizá yo no habría nacido. Pero me alegro de haber nacido, así que no sé qué decir al respecto, sobre todo porque mi madre parece feliz con su vida, y no sé qué más se puede pedir.

Es como que, si culpara a mi tía Helen, tendría que culpar a su padre por pegarle y al amigo de la familia que le hacía cosas cuando era pequeña. Y a la persona que le hacía cosas a él. Y a Dios por no detener todo esto y cosas que son mucho peores. Y lo hice durante un tiempo, pero después ya no pude más. Porque no iba a ninguna parte. Porque no se trataba de eso.

No soy como soy por lo que haya soñado y recordado sobre mi tía Helen. Eso es lo que comprendí cuando las cosas se quedaron en silencio. Y creo que es muy importante saberlo. Hizo que todo se aclarara y encajara. No me malinterpretes. Sé que lo que pasó fue importante. Y necesitaba recordarlo. Pero es como cuando mi médico me contó la historia de dos hermanos cuyo padre era muy alcohólico. Un hermano se convirtió de mayor en un próspero carpintero que nunca bebía. El otro hermano acabó siendo un borracho perdido como su padre. Cuando le preguntaron al primer hermano por qué él no bebía, dijo que después de ver lo que la bebida le había hecho a su padre, nunca había podido ni probarlo. Cuando le preguntaron al otro hermano, dijo que creía que había aprendido a beber en las rodillas de su padre. Así que supongo que somos quienes somos por un montón de razones. Y quizá nunca conozcamos la mayoría de ellas. Pero aunque no tengamos el poder de elegir de dónde venimos, todavía podemos elegir adónde vamos desde ahí. Todavía podemos hacer cosas. Y podemos intentar sentirnos bien con ellas.

Creo que si alguna vez tengo hijos y están enojados, no les diré que la gente se muere de hambre en China ni nada parecido porque no cambiaría el hecho de que estén enojados. E incluso si otra persona la tiene mucho peor, eso realmente no cambia el hecho de que tú tienes lo que tienes. Bueno y malo. Como lo que mi hermana dijo cuando yo llevaba ya una temporada en el hospital. Dijo que estaba muy preocupada por ir a la universidad, y en comparación con lo que yo estaba pasando, se sentía muy tonta. Pero no sé por qué se iba a sentir tonta. Yo también estaría preocupado. Y en serio, no creo que yo la tenga mejor ni peor que ella. No sé. Es diferente. Quizá sea bueno poner las cosas en perspectiva, pero a veces, creo que la única perspectiva es estar allí de verdad. Como dijo Sam. Porque está bien sentir cosas. Y ser tú mismo al respecto.

Cuando me dejaron salir ayer, mi madre me trajo de vuelta a casa en coche. Era mediodía, y me preguntó si tenía hambre. Y dije que sí. Entonces me preguntó qué quería, y le dije que ir a McDonald's como solíamos hacer cuando era pequeño y me ponía enfermo y me quedaba en casa en vez de ir al colegio. Así que fuimos. Y fue muy agradable estar con mi madre y comer papas fritas. Y más tarde, esa noche, estar con mi familia durante la cena y que las cosas fueran como habían sido siempre. Esa fue la parte más increíble. Que todo continuaba. No hablamos de nada serio ni ligero. Solo estábamos juntos. Y eso bastaba.

Bueno, hoy mi padre fue a trabajar. Y mi madre nos llevó a mi hermana y a mí a comprar cosas de último minuto para mi

Las ventajas de ser invisible de Stephen Chbosky
se terminó de imprimir en octubre de 2023
en los talleres de Impresora y Editora Infagon, S.A. de C.V,
en Escobillería número 3, Colonia Paseos de Churubusco,
Ciudad de México C.P. 09030